KB034794

내일은
바게트

내일은 바게트

초판 1쇄 발행 2014년 2월 28일
초판 10쇄 발행 2021년 5월 20일

지은이 이은용
펴낸이 이광호
펴낸곳 ㈜문학과지성사
등록번호 제1993-000098호
주소 04034 서울 마포구 잔다리로7길 18(서교동 377-20)
전화 02) 338-7224
팩스 02) 323-4180(편집) 02) 338-7221(영업)
전자우편 moonji@moonji.com
홈페이지 www.moonji.com

ISBN 978-89-320-2535-3 43810

내일은 바게트

이은용 장편소설

문학과지성사

차례

프롤로그 7

불협화음 13

바게트의 노래 28

알바 구함 37

구자혁 빵집 50

어느 맑은 날 66

자기만의 노래 81

잉여 인간 93

머피의 법칙 108

꽃과 잡초 126

자유이용권 138

겨울 바다 159

벤치 타임 180

마들렌 194

잘 가, 양양수 204

99%의 바게트 218

다큐, 그곳 228

다시 하늘을 보다 239

작가의 말 247

프롤로그

유리병들은 날짜가 적힌 메모를 이름표처럼 붙인 채 선반 위에 일렬로 줄지어 있었다. 층층이 쌓인 건포도와 물이 섞여 유리병 안은 모래가 일어난 강가의 물처럼 뿌옇게 보였다. 메모에는 모두 어제 날짜가 적혀 있었다. 큰 덩치를 한껏 웅크리고 투박한 손을 조심스럽게 움직여 또박또박 메모까지 했을 아저씨 모습을 떠올리자 쿡 웃음이 새어 나왔다. 정갈하게 쓴 글씨체에 아저씨 마음이 묻어났다.

아저씨가 시킨 대로 나는 유리병들을 하나씩 살폈다. 벌집처럼 엉겨 붙은 건포도 사이로 기포가 올라오고 있었다. 어떤 병은 건포도 몇 알이 물 위에 떠 있었다. 어떤 병은 조금 더 많이, 그리고 어떤 병은 한두 알의 건포도만 띄워놓은 채 포르르, 기포만 만들어냈다. 나는 의자를 끌어와서 유리병들이 놓인 선반 앞에 앉았다. 겨우 하나의 건포도가 떠오른 유리병을 앞으로 가져와, 눈싸움이라도 하듯 가라앉은 건포도를 뚫어져라 응시했다. 눈을 감았다 뜨는 찰나의 순간에 거짓말처럼 건포도 한 알이 천천히 물 위로 올라가는 광경을 상상하면서. 하지만 가라앉은 건포도는 움직임이 없었다.

발효실에는 아르바이트를 시작하고 삼 일째 되던 날 아저씨를 따라 처음 내려왔다. 언뜻 보기에는 제빵실과 다르지 않아 보였지만, 커다란 오븐 대신 선반 위에 줄지어 선 유리병들이 시선을 끌었다.

"이건 발효액종을 만드는 거야."

"그게 뭔데요?"

"빵에 들어갈 천연 이스트를 얻기 위한 거지."

이스트가 반죽을 부풀리는 데 쓰인다는 것쯤은 나도 알고 있었다. 아저씨는 그사이에 유리병의 뚜껑을 열었다. 눈을 감고 숨을 크게 들이마시는 모습이 냄새를 맡는 것 같았다. 유리병에서 흘러나온 냄새가 공기 중에 퍼지면서 나도 모르게 얼굴을 찌푸렸다.

"그냥 이스트를 쓰면 되잖아요."

손가락으로 코밑을 문지르며 내가 말했다. 뚜껑을 덮고 유리병을 제자리에 놓으며 아저씨는 희미한 웃음을 지어 보였다.

"물론 그렇게 해도 되지. 하지만 그런 반죽은 내 오븐에 들어갈 자격이 없어."

웃음기를 거두고 아저씨가 말했다. 반죽에 무슨 자격씩이나 필요할까. 아저씨의 말이 지나친 과장처럼 들렸다. 아저씨의 오븐이 라고 특별할 것도 없을 텐데.

“이렇게 삼사 일 정도 발효를 해서 액을 추출하는 거야. 그 발효액을 다시 사오 일 동안 밀가루와 리프레싱 해주면서 기다려야 해. 그렇게 해서 얻어진 발효 반죽이 최적의 상태가 되었을 때 빵을 만들 재료를 섞고, 다시 몇 시간 동안 숙성 과정을 거치면 돼. 그러면 내 오븐에 들어갈 수 있지.”

“말도 안……”

……된다고 말할 뻔했다. 중간에 입을 틀어막고 잠자코 있었다. 다행히 아저씨는 내 말을 듣지 못했는지 아까처럼 유리병만 들여다보고 있었다.

“내일은 원종 단계로 넘어갈 수 있겠다.”

아저씨의 얼굴에 흡족한 표정이 드러났다. 원종 단계로 넘어간다는 건 또 무슨 말인가? 궁금한 점투성이였지만 틀어막은 손 안에서 입술만 오물거릴 뿐이었다. 내가 아는 빵이나 쿠키라는 건 밀가루와 우유, 버터 같은 재료를 섞어서 오븐에 굽는 거였다. 이스트를 넣어 부풀리는 과정을 거치는 빵이 있다는 것도 안다. 하지만 빵을 만드는 데 일주일씩이나 시간을 들인다니, 낭비도 그런 낭비가 어디 있을까.

“꼭 이렇게 해야 해요?”

나는 아저씨의 등 뒤에서 조심스럽게 물었다.

“꼭 그래야 하는 건 없다. 하지만 그래야 할 이유는 있지.”

아저씨는 유리병을 흔들기만 할 뿐 그 '이유'에 대한 대답은 하지 않았다. 그 안에 빵을 만드는 특급 기밀이라도 담긴 것처럼 아저씨는 침묵했다. "그러니까 그게 뭐냐고요?" 더 묻고 싶었지만 참았다. 어쩐지 아저씨의 입에서 빵에 관한 황당한 이야기들이 쏟아져 나올 것만 같았다.

그날 이후로 나는 아저씨가 수시로 발효실에 드나든다는 걸 알았다. 아저씨는 발효액종을 만들고 거기에 밀가루를 넣어 부풀렸다가 섞어주는 작업을 며칠 동안이나 반복했다. 아저씨의 반죽은 그렇게 험난한 과정을 겪고 있었다. 아저씨의 오븐에 들어갈 자격을 얻기 위해서.

눈싸움을 하던 유리병을 집어 이번에는 살살 흔들어주었다. 지금껏 청소나 빵 정리만 하던 내게 아저씨는 처음으로 다른 일을 시켰다.

"발효실에 내려갔다 와라. 건포도가 얼마나 떠올랐는지, 냄새와 색은 어떤지 체크하고."

나는 아저씨의 말이 떨어지자마자 지하로 내려왔다. 처음으로 발효실에서 갖는 혼자만의 시간. 나쁘지 않았다.

흔들어준 유리병 안에서 건포도 알들이 살짝 떠올랐다가 다시 내려앉기 시작했다. 뚜껑을 열자, 건포도 사이사이에 붙어 있던 기포들이 위로 올라왔다. 허리를 숙여 유리병으로 다가가서 크게 숨을 들이마셨다. 시큼한 냄새가 미세하게 코로 스며들었다. 이게 발효의 향기라고 했던가. 이상한 냄새가 난다는 나에게 아저씨가 그랬다. 이제 시작된 발효의 향기가 난다고.

나는 일렬로 서 있는 유리병들을 차례로 흔들어주었다. 아저씨의 말대로 천천히, 애정을 담아서.

제빵실로 올라왔을 때 아저씨는 반죽을 살피고 있었다. 순간 나는 작업대 위의 반죽이 된 기분으로 잔뜩 긴장한 채 아저씨에게 시선을 고정시켰다. 잘 부풀어 오른 반죽은 이제 빵이 되기 위한 첫번째 관문을 통과해야 한다. 작업대에 오르기까지 긴 시간을 기다리며 제 몸을 팽창시킨 반죽의 운명이 결정되는 순간.

"좋아."

아저씨의 입에서 말이 떨어지자, 나도 모르게 안도의 한숨이 새어 나왔다. 발효가 잘못된 액종과 반죽들, 심지어 완성된 빵까지 쓰레기통으로 직행하는 것을 본 다음부터 나는 반죽을 검사하는 아저씨의 표정을 살피게 되었다. 빵을 만드는 아저씨의 모습에서 도자기를 굽는 장인이 연상됐다. 잘못 만들어진 도자기를 일 초의 망설임도 없이 깨부수는 모습까지 똑같았다. 버려진 반죽이 아깝기도 했고 내 눈으로는 도통 그 차이를 모르겠어서 그냥 쓰면 안 되겠냐고 물었지만, 아저씨는 내 말에 아예 대꾸도 하지 않았다. 표정이 없는 아저씨의 얼굴에서 짙은 눈썹만 꿈틀 움직였을 뿐이다.

"액종은?"

잠시 뒤에 아저씨가 생각났다는 듯이 물었다.

"괜찮은 거 같아요. 건포도가 몇 개씩 올라와 있고 냄새도 좀 나고. 잘 흔들어주고 기포도 뺐어요. 제가 보고 있는 순간에 건포도

한 알이 막 올라가던데요."

내 말에 아저씨가 미소 지었다.

"그래서 뭐든 관심이 필요한 거다."

아저씨의 말에 이번에는 내가 살짝 웃는 표정을 지어 보였다. 하지만 진짜 웃었던 건 아니다. 아저씨는 농담을 할 줄 모르는 사람이었다. 웃자고 한 얘기도 아저씨의 입에서 나오면 엄청 진지하게 들렸다. 나는 아직 아저씨의 말이 농담인지 진담인지 구별하지 못했고, 그럴 때마다 웃어야 할지 말아야 할지 몰라 애매하게 얼버무리곤 했다.

아저씨의 손이 빨라졌다. 반죽을 적당한 크기로 분할해 둥글리기를 했다. 아저씨의 오븐에 들어갈 자격을 얻기 위한 또 하나의 과정이 시작되었다.

불협화음

초저녁이었지만 소복이 쌓인 눈 위에는 이미 어둠이 내려와 있었다. 문을 열자, 맑은 풍경 소리가 정오의 햇살처럼 부서졌다. 밖으로 한 걸음 내어놓기가 무섭게 몸에 남아 있는 온기를 한꺼번에 날려버릴 듯이 찬바람이 달려들었다. 한쪽 팔로는 가방을 둘러메고 나머지 팔로는 빵 봉투를 끌어안으며 나는 몸을 움츠렸다.

구자혁 빵.

타이머를 설정해둔 간판이 환해졌지만 '빵'의 'ㅏ'에는 불이 들어오지 않았다. 간판이라도 손을 보자는 내 말에 아저씨는 그래야지, 하면서도 그대로 내버려두었다. 나중에는 쌍비읍이 있어서 괜찮다고, 누가 봐도 빵집인지 다 알 거라고 했다. 불안한 간판은 매일 그렇게 희미한 빛을 내뿜으며 자리를 지키고 있었다.

뒤를 돌아서 가게 안을 들여다보았다. 아저씨는 진열대의 빵을 물끄러미 내려다보다가 내 시선을 느꼈는지 고개를 들었다. 갑자기 눈이 마주친 내가 머뭇거리자, 아저씨가 손목에 찬 시계를 가리키며 빨리 가라는 듯이 손을 내저었다. 나는 엉거주춤 인사를 하고 돌아섰다. 품에 안은 빵 봉투가 어깨에 멘 가방보다 무겁게 느껴졌다.

빠른 걸음으로 가면 학원까지 이십 분. 버스를 타면 십 분으로 단축할 수는 있지만 차비가 든다. 운이 나쁘면 버스를 기다리는 데 시간을 보내서 걸어간 시간과 별반 차이가 나지 않는다. 망설일 것도 없이 나는 걷는 쪽을 택했다. 하지만 내 걸음은 빠르지 못했다. 이런 속도라면 삼십 분은 족히 걸릴 것이고, 그러면 지각이었다. 서둘러야 한다는 걸 알면서도 발걸음은 오히려 느려졌다. 한창 공사 중인 건너편 상가 건물을 기웃거리다가 나는 굳이 건너지 않아도 될 횡단보도를 건넜다.

대형 현수막이 베이커리 이름과 함께 펄럭이고 있었다. 오후 내내 시끄러운 소음이 끊이지 않더니 지금은 불이 모두 꺼져 있었다. 나는 출입구 쪽으로 가까이 다가가 빵을 들지 않은 한쪽 손으로 손차양을 만들어 안을 들여다보았다. 어두워 잘 보이지 않았지만 여기저기 나무판들이 쌓여 있는 것이 아직은 내부 시설이 제대로 갖춰지지 않은 듯 보였다. 제법 규모가 컸던 음식점 자리였다. 여기에 프랜차이즈 베이커리가 문을 열면 구자혁 빵집을 중심으로 불과 몇 십 미터 이내에 좌우로 하나씩 프랜차이즈 베이커리가 생기는 셈이었다. 아저씨는 별 다른 내색을 하지 않았지만, 나는 그게 더 신경이 쓰였다.

톡톡.

누군가 어깨를 두드렸다. 남의 집을 훔쳐보다 들킨 사람처럼 놀라서 휙 돌아보았다. 양수였다.

"뭐해?"

양수가 조금 전의 나처럼 공사 중인 베이커리 안을 들여다보았다.

"너야말로 왜 또 왔냐?"

퉁명스러운 말투가 튀어나왔다.

"나야 뭐……"

말끝을 흐리는 양수의 애매한 대답. 답답한 속이 더 꽉 막히는 것 같아 나는 몸을 돌려 걸음을 옮겼다. 나보다 한 뼘은 작은 양수가 뛰어오며 나와 속도를 맞췄다.

"학원 안 가?"

양수가 물었다.

"지금 가잖아."

"나도 학원 가는 길인데."

나는 걸음을 딱 멈춰 서서 양수를 내려다보았다. 양수가 큰 눈을 껌뻑이며 콧잔등에 내려온 안경을 고쳐 썼다.

"너희 학원은 저쪽이잖아. 난 이쪽이니까, 그럼 안녕!"

말해놓고는 파란불이 깜빡이는 횡단보도를 빠르게 뛰었다. 막 인도로 올라섰을 때 신호등은 빨간색으로 바뀌었다. 돌아보니 예

상대로 양수는 횡단보도를 건너지 못하고 그 자리에 서 있었다. 양수는 나를 향해 한쪽 손을 크게 흔들었다. 빵이라도 하나 줄 걸 그랬나 하는 생각이 잠깐 들었지만, 그런 친절은 양수에게 너무 과했다. 횡단보도를 사이에 두고 서 있는 나와 양수. 구자혁 빵집과 대형 프랜차이즈 베이커리만큼이나 거리가 있었다. 가까워지기에는 여러모로 무리였다.

휴대폰에서 문자 메시지가 울렸다. 아까부터 연달아 울렸는데 확인하지 않고 있었다. 애순 아줌마일 거라고 생각했다. 어디냐, 왜 안 오냐, 벌써 수업 시작했다…… 주머니에서 휴대폰을 꺼내 메시지를 확인했다.

어디?

예상과 달리 지수였다. 한동안 안 보이더니 오랜만에 학원에 나온 모양이었다. 시간을 확인했다. 뛰어가도 이미 지각이었다. 조금 전까지만 해도 천천히 가서 2교시부터 수업을 들어야겠다고 생각했는데, 지수의 문자를 보자 생각이 바뀌었다. 나는 지수에게 답장을 보내는 대신 학원으로 내달리기 시작했다. 양수는 그때까지 손을 흔들고 있었다.

출입문에 붙어 있는 손바닥만 한 유리창을 통해 교실 안을 들여다보았다. 첫 시간은 담임 과목인 사회 시간이었다. 적절한 타이

밍에 맞춰 잽싸게 들어가야 했다. 담임이 등을 돌려 칠판을 지우는 순간, 문손잡이를 돌렸다. 맨 뒤에 앉아 있던 지수가 가방을 치워 옆자리를 비워주었다. 칠판을 지우고 나서 담임이 몸을 돌렸을 때는 처음부터 그 자리에 있었다는 듯 자연스러운 표정을 지어 보였다.

"갑자기 어디서 맛있는 냄새가 난다."

담임은 농담처럼 한마디를 던졌을 뿐, 그대로 수업을 진행했다.

"이 부분은 별로 중요한 내용이 아니니까 그냥 넘어가셔도 되고요. 시간 많으신 분은 읽어보셔도 말리지는 않습니다."

담임이 교재를 넘기며 말했고 아줌마 몇이 피식 웃었다.

"여기서 시험 문제 나오면 어떡해요?"

왕언니 아줌마가 물었다.

"그냥 틀리세요. 이거 틀린다고 인생, 달라지지 않습니다."

담임의 대답에 이번에는 반 전체가 웃었다. 무겁게 가라앉아 있던 교실이 살짝 들썩였다. 우리 반 아줌마들은 매사 별것도 아닌 일에 눈물까지 찔끔거리며 웃어대기 일쑤였다. 아줌마들에게도 나 같은 시절이 있었다는 게 상상이 되지 않아서 나는 그런 웃음이 낯설게 느껴졌다.

좁은 공간에 꽉 들어찬 사람들의 크고 작은 어깨가 내 시야에서 움직였다. 울퉁불퉁하고 색도 제각각인 균일하지 못한 집합체. 나는 그 안에 있었다.

"우리 미나는 매일 지각이고, 지수는 나오는 날보다 안 나오는 날이 더 많고.”

쉬는 시간이 되자 애순 아줌마가 기지개를 켜며 말했다.

“왕언니 아줌마! 나랑 미나는 저지방 우유요!”

지수가 콧소리를 섞어 말했다. 하늘이 두 쪽 나도 흉내 낼 수 없는 말투. 오랜만에 보는 지수의 얼굴은 여전히 단정하고 예뻤다.

“어떻게 젤루 나이 많은 언니를 부려먹냐.”

왕언니 아줌마가 툴툴거렸다. 말은 그렇게 해도 아줌마는 싫지 않은 얼굴이었다.

“미나 덕에 빵 셔틀은 못하게 됐으니까 우유 셔틀이라도 해야지. 막내야, 가자.”

왕언니 아줌마가 지갑을 옆구리에 끼고 일어섰고 맨 앞자리에 앉은 아인이가 쪼르르 달려 나갔다.

왕언니 아줌마는 우리 반에서 가장 나이가 많다. 아들, 딸 들을 다 결혼시켰고 손자도 초등학교에 다닌다고 했다. 애순 아줌마를 비롯한 다른 아줌마들은 그냥 ‘왕언니’라고 불렀지만, 지수와 나는 꼭 ‘왕언니 아줌마’라고 부른다. 우리 반 막내인 아인이도. 우리 같은 10대들에게 ‘언니’ 소리를 듣는 것은 왕언니 아줌마의 소망일 뿐이다.

왕언니 아줌마는 우리 반의 ‘빵 셔틀’이기도 하다. 처음 몇 번인가 왕언니 아줌마가 나서서 빵을 쏘고 난 다음 누군가 농담으로 던진 말을 왕언니 아줌마는 무슨 감투라도 되는 양 좋아했다. 심지어 빵 셔틀 일에 대단한 책임감까지 느끼고 있는 것 같았다. 언젠가 하루 결석한 다음 날에 이틀 치의 빵을 사온 적도 있었다. 내가 구자혁 빵집에서 빵을 챙겨오게 된 후부터는 우유 셔틀로 바뀌게 되었지만.

사람들이 빵을 가져가며 나에게 고맙다는 인사를 했다. 빵과 우유는 허기진 배를 채우기에 부족하지 않았다. 나도 빵을 한입 베어 물었다. 씹을수록 고소한 향이 올라오는 빵, 캉파뉴. 아저씨는 이 빵을 두고 한국의 된장찌개 같은 빵이라고 했다. 오래되고 깊은 맛이 나는 장으로 만든 찌개처럼, 캉파뉴는 오랜 숙성 과정을 거쳐 아저씨가 정성 들여 만든 빵이었다.

빵을 씹고 삼키는 순간마다 머릿속에 항상 두 가지 생각이 동시에 떠올랐다. 팔리지 않고 쌓여 있는 아저씨의 빵, 그리고 내가 아이들에게 사다주었던 빵. 뭐라 표현할 수 없는 뒤섞인 감정들이 발효액의 기포처럼 올라왔다. 전혀 다른 종류의 빵이 단지 '빵'이라는 이름으로 연결되어 꼬리를 물고 내 머릿속을 헤집고 다녔다.

"야, 미나리! 난 칼로리 제일 낮은 걸로."

난 우유, 난 크림빵, 난 크래커. 밀려드는 아이들의 주문. 이건 순간일 뿐이라고 속으로 되뇌었다. 내가 저 아이들과 맞짱을 뜨는 순간, 어떤 일이 벌어질지 너무나 잘 알았다. 그래도 그 순간의 유혹을 참는 것은 고통스럽게 힘들었다. 고등학교에 입학한 지 한 학기도 채 지나지 않아 이미 난 '찍힌' 아이가 되었다. 빵 셔틀쯤은 문제도 아니었다. 그런 것을 빌미로 교묘하게 내 약점을 건드리는 게 더 참기 힘들었다.

"야, 뭐해? 너희도 빨리 돈 줘서 보내. 얘 돈 없다잖아."

한 아이의 말에 다른 아이들이 내 앞으로 돈을 던졌다. 어떤 아이가 던진 오백 원짜리가 내 머리에 맞고 바닥으로 떨어졌다. 일부러 내 머리를 겨냥해서 맞추었을 게 틀림없지만, 아이는 호들갑스럽게 달려와 사과했다.

"어머, 미안! 일부러 그런 건 절대 아니거든!"

아이가 얼굴까지 들이밀며 말했다. 주변에 있던 다른 아이들의 웃음소리. 그 웃음소리는 지금까지 내 귀에 남아 있다.

야, 소녀 가장!

하하하……

나는 빵을 크게 한입 베어 물었다. 그때, 그 아이들의 웃음소리까지 먹어치울 수 있다면.

"마시면서 먹어."

애순 아줌마가 내 앞으로 우유를 밀어놓았다. 따뜻하게 데운 우유였다. 두 손으로 우유를 감쌌다. 손끝에서 느껴지는 따스함이 피부 속으로 스며들어 혈관을 타고 몸 전체로 퍼지는 느낌이었다. 나는 우유를 벌컥벌컥 들이켰다.

"너 며칠 굶은 거 아니지?"

지수가 장난 반 걱정 반인 얼굴로 물었다.

"난 한 끼만 굶어도 죽을 것 같아."

내 말에 지수가 반달 같은 눈을 하고 웃어 보였다.

수업 시작을 알리는 종이 울렸다. 다음은 수학 시간이다. 과목 때문이 아니라 선생님 때문에 눈을 빛내는 시간.

"소문 들었어? 수학이랑 국어랑 사귄대."

지수의 말에 나는 마시던 우유를 뿜을 뻔했다.

"말도 안 돼. 둘이 완전 안 어울려. 나이도 국어가 다섯 살은 많아 보여."

"열 살은 많을걸."

나와 지수가 국어 선생님의 뒷담화로 열을 올리기 시작했을 때, 1교시를 놓친 반장 오빠가 뛰어 들어와 맨 앞자리에 가방을 내려놓았다.

"웬일이야? 지각을 다 하고?"

내가 물었고 지수는 심드렁한 표정을 지었다.

어딘가에서 하루를 보내고 어슴푸레한 저녁이 되어야 모이는 사람들. 형광등이 켜 있어도 어두운 기운이 건물 곳곳을 떠다녔고 그 기운은 사람들을 짓누르고 있었다. 햇빛이 비칠 때는 가늘게 들어오는 한 줄기 빛만으로도 공간 전체에 생기가 돌지만, 어둠이 건물을 감싸고 있을 때는 아무리 밝은 빛을 만들어도 사람들은 어둠을 느꼈다. 제일 검정고시 학원의 저녁 수업. 우리는 그렇게 어둠에 익숙해져 있었다.

"반갑습니다."

이태진 선생님이 들어오며 인사했다. 아줌마, 아저씨, 언니, 오빠, 친구, 동생, 그리고 나. 고등학교 졸업과 대학 입학시험을 볼 수 있는 자격을 얻기 위한 대검반. 그중에서도 내가 있는 곳은 대검 3반이다. 어울리지 않는 스무 명가량의 목소리들이 '안녕하세요'라며 불협화음 같은 소리를 냈다.

수학 시간은 그럭저럭 넘어갔다. 이태진 선생님의 얼굴만 보고 있어도 시간이 금방 갔다. 그렇게 시간은 하루의 끝을 향해 달려가고 있었다. 몇 시간 뒤면 내일이 오기 직전의 시간. 하지만 나의 하루는 아직도 진행 중이었고, 그 끄트머리의 시간에서 나는 흐트러졌다. 영어 시간, 그리고 전애순 아줌마. 오지랖 넓은 아줌마가 문제였다. 자꾸 옆구리를 찌르면서 뭐라고 하더라니…… 영어 선생님은 필기는커녕 온통 낙서만 적혀 있는 내 노트를 낚아챘다. 아줌마만 아니면 걸리지 않을 수 있었는데. 노트에 끄적거린 낙서들을 훑어보는 영어 선생님의 표정이 폭발하기 직전의 화산처럼 달아올랐다.

베이커리 오픈. 구자혁 빵집. 바게트. 천연 발효?

새로 문을 여는 베이커리의 현수막이 계속 머릿속에서 펄럭였다. 팔리지 못한 아저씨의 빵, 아저씨의 얼굴에 커튼처럼 드리워진 그늘이 눈에 아른거려 나는 수업 시간이라는 것도 잊고 말았다. 그것도 하필 영어 시간에.

생각나는 대로 갈겨쓴 글자들과 빵 그림, '졸려'가 가장 큰 비중을 차지한 나의 뇌구조 그림까지. 가장 찔렸던 건 영어 선생님을 만화처럼 희화화한 그림이었다. 대머리 위에 반짝이는 모양은 그리지 말걸. 초강력 쓰나미의 후회가 밀려왔다.

"둘 다 교무실로 따라오세요."

평소에는 농담도 잘하고 자상하지만, 화가 나면 백팔십도 돌변하는 사람이 바로 영어 선생님이었다. 작고 뚱뚱한 체구에 주변머리밖에 남지 않은 선생님의 뒷모습이 거대한 산처럼 보였다.

"내가 눈치 준 거 못 보셨습니까?"

교무실에 들어서자마자 영어 선생님은 책상 위에 책을 탁 소리 나게 내려놓았다. 잔뜩 가라앉은 목소리로 지나치다 싶게 격식을 차리며 존대를 붙이는 것이 나보다는 애순 아줌마를 향해 말하는 것 같았다. 부메랑은 나에게 날아올 게 분명했기 때문에 매 맞기 직전의 아이처럼 가슴이 조여왔다.

교무실에 있던 선생님들의 시선이 우리에게 모아졌다. 영어 선생님 자리는 다른 선생님들이 다 보이는 가장 앞쪽이었다. 영어 선생님은 교무실에서 과장 선생님으로도 통했다.

고개를 숙이고 눈동자를 돌려보았다. 이태진 선생님 자리는 교무실 끝이라 보이지 않았다. 제발 자리에 없기를.

"미나가 공부는 안 하고 계속 딴짓을 하는데 그냥 둘 수가 없어서요."

"본인 공부만 하면 되지 왜 다른 사람을 신경 씁니까?"

"선생님, 제가 뭘 잘못했다고 그러세요? 딴짓하는 애 공부하라고 한 건데."

"주위가 산만하잖아요. 계속해서 수업을 방해하고……"

“방해한 건 아니라니까요.”

끝까지 지지 않는다. 대단한 전애순 아줌마. 그만하라고 소리라도 치고 싶다. 그리고 마침내 영어 선생님의 화산이 폭발했다.

“제가 수업하는 걸 방해했단 말입니다!”

자리에 앉아 있던 영어 선생님이 벌떡 일어섰다. 안경 너머의 눈매는 보지 않아도 알 것 같았다. 이제 막 교무실에 들어서던 선생님들이 조용히 자리에 앉았다. 이태진 선생님의 모습도 시야에 들어왔다. 나는 두 눈을 꾹 감았다.

더 난감한 것은 그다음이었다. 「다큐, 그곳」을 촬영하는 스태프들이 나타난 것이다. 「다큐, 그곳」은 다양한 환경에서 서로 부대끼며 살아가는 사람들의 모습을 담아내는 TV 프로그램이었다. 시장 상인들, 공장 근로자들, 건설 인부들과 군인들까지, 일정한 장소에서 생활하는 사람들의 평범한 일상을 담아내는 방송이라고 했다. 매주 금요일 밤에 한 시간가량 방송이 나가는데, 이번에는 검정고시를 준비하는 사람들의 모습을 담기로 했고 우리 학원이 섭외됐다는 것이다. 며칠 전 담임이 알려주면서 신경 쓰지 말고 평소대로 지내라고 덧붙였다. 스태프들은 학원 이곳저곳을 누비고 다녔다. 그리고 지금 이 순간에 교무실로 들어온 것이다. 심상치 않은 분위기를 느낀 스태프들이 서둘러 카메라를 들이댔다.

“미나가 딴짓하는 거야 자기 혼자 공부를 안 하는 거지만, 전애순 씨가 하는 행동은 다른 사람한테 피해를 주는 행동 아닙니까?”

영어 선생님의 크고 굵은 목소리가 확성기를 단 듯 교무실에 퍼져 나갔다. 잠시 조용하던 아줌마가 울먹이기 시작했다.

"저는 그냥, 애가…… 눈치를 주신 건 봤는데, 그래도 공부는 시켜야 하니까……"

아줌마의 항변은 누구를 위한 건지 모르겠다. 카메라는 우리 세 사람을 찍고 있었다. 내 얼굴은 꼭 모자이크 처리를 해달라고 부탁해야 할 것 같았다.

"전애순 씨가 미나를 잘 챙겨주는 건 아는데, 수업 시간에는 앞에 있는 교사한테 맡기는 게 교사에 대한 예의 아닙니까?"

아줌마가 나를 생각하는 마음에 감동이라도 받은 걸까, 아니면 뒤늦게 카메라를 의식해서일까. 영어 선생님의 목소리가 한결 누그러졌다. 아줌마도 울음을 삼키고 코를 훌쩍거렸다. 이 아줌마 나이가 마흔넷이라니, 믿어지지가 않았다.

"너는 그러게 왜 수업 시간에 딴짓이냐? 낮엔 일하고 밤에 공부하는 거 힘든 줄은 알지만, 수업 시간만큼은 정신 차려야 할 거 아냐? 빵집으로 알바 옮겼다더니, 힘들어?"

화살이 나한테 넘어왔다. 카메라도 자연스럽게 나에게 머물러 있겠지. 나는 고개를 푹 숙였다.

예전과는 비교도 할 수 없이 편한 일인데도 수업 태도는 내가 생각해도 크게 나아진 게 없었다. 꾸벅꾸벅 졸던 것이 딴생각에 빠져 있거나 낙서를 하는 걸로 바뀌었을 뿐.

"3년 공부할 거 한꺼번에 하려면 정신 바짝 차려야 돼. 전애순 씨도 마찬가집니다."

나가도 된다는 말이 떨어지자마자, 나와 아줌마가 동시에 꾸벅 인사를 했다.

"저, 잠깐만요!"

작가 언니가 우리를 불러 세웠다.

"죄송하지만, 저희가 중간부터 찍었잖아요. 앞부분을 한 번만 더 재연해주시면 안 될까요?"

작가 언니가 영어 선생님과 우리에게 부탁했다.

"됐습니다."

다행히 영어 선생님이 한마디로 거절했다. 작가 언니의 아쉬운 표정을 뒤로하고 나는 얼른 교무실을 빠져나왔다.

"남의 일엔 왜 참견을 해서 그래요?"

나오자마자 나는 짜증을 냈다.

"네가 왜 남이니? 그렇게 말하면 진짜 섭하다."

고인 눈물을 찍어내며 아줌마가 쏘아붙였다.

"너 때문에 내가 이 나이에 뭔 꼴이니?"

이 상황이 나 때문이었나. 말을 섞은 내가 잘못이다. 아줌마를 앞질러 계단을 올라갔다.

애순 아줌마는 낮에는 공장에서 경리로 일하고 저녁에 학원에 나와 공부했다. 오남매 중 장녀로 자라서 동생들을 뒷바라지하느라 정작 자기는 제때 공부를 하지 못했다고 자기소개를 했었다. 요즘에는 미용 기술까지 배우느라 몸이 열 개라도 부족하다며 한참 앓는 소리를 하고 다녔다. 그 나이에 뭐하러 공부를 하고 기술을 배운다는 건지 알 수가 없었다.

"영어가 뭐래?"

교실에 들어가자마자 지수가 물었다. 유일하게 이 시간까지도 빛이 나는 아이였다. 아무리 연예인 지망생이라고는 해도 나와는 근본적으로 다른 유전자를 타고난 게 분명했다. 말로만 듣던 도자기 피부의 주인공이다. 그 얼굴을 보자 괜히 더 짜증이 났다.

"아, 몰라."

나는 그냥 책상에 엎드렸다.

"어머, 애순 씨! 왜 그래? 울었어? 영어한테 혼난 거야?"

왕언니 아줌마가 물었다.

"누가 우리 애순 씨를 울렸어?"

장씨 아저씨의 걸걸한 목소리.

나는 끝까지 엎드려 있다가 종이 울리고 국어 선생님이 교실로 들어오고 나서야 고개를 들었다.

바게트의 노래

학원 뒷정리까지 마치고 집에 도착했을 때는 이미 자정이 다 돼가고 있었다. 현관문을 열고 들어가자 공부를 하던 경환이가 벽에 걸린 시계를 올려다봤다.

"또 종점까지 간 거야?"

나는 대답 대신 하품을 하며 그대로 이불 속으로 몸을 집어넣었다. 이불 속도 따뜻한 온기라고는 없었다.

"기사 아저씨가 안 깨웠어?"

"새로 온 아저씨였어."

등 뒤에서 들리는 비웃음소리. 경환이의 표정이 어떤지는 안 봐도 알 것 같았다.

반마다 돌아다니면서 칠판을 지우고, 책상을 정리하고, 난방기와 전기까지 확인하고 나면 막차 시간이 늘 아슬아슬했다. 버스 정류장까지 뛰어 겨우 차에 올라타면 날씨와 상관없이 등줄기에서 땀이 흘러내렸고, 숨을 돌리기도 전에 눈이 먼저 감겼다. 엉덩이만 붙이면 잠이 드는 건 내 의지와는 상관없는 일이었다. 몇 번인가 잠이 든 채로 종점까지 갔더니 나중에는 기사 아저씨가 내릴 장소에서 깨워주었는데, 오늘은 처음 보는 아저씨가 운전을 하고 있어서 정신을 차린다는 것이 결국은 내릴 곳을 놓치고 말았다. 종점에서 집까지 두 정거장을 걸어 올라와야 했다.

경환이는 다시 공부를 시작했다. 현관문을 열고 들어오면 작은 싱크대가 놓여 있는 부엌이 있다. 거기가 경환이의 자리였다. 경환이는 거기서 밥을 먹고, 공부를 하고, 잠을 잤다. 경환이가 쓰는 상도 때에 따라 밥상이 되었다가 책상이 되었다.

"방에 들어와서 공부해. 나 코 안 골게."

나는 이불을 목까지 뒤집어쓰고 말했다. 방이나 부엌이나 별반 다를 바 없지만, 그래도 방 안이 찬바람은 좀 적게 들어왔다. 창문 하나 없는 네모의 작은 공간. 우리가 등을 붙이고 쉴 수 있는 유일한 곳이었다.

내 말에 경환이는 대꾸도 없었다. 이미 수학 문제를 풀기 시작한 것이다. 나는 이불 속에 얼굴을 묻었다. 이불 밖에서 경환이가 책장을 넘기는 소리와 사각사각 글씨 쓰는 소리가 들렸다. 괴물 같은 녀석. 할 줄 아는 거라고는 공부밖에 없다. 어떤 상황에서도 빵을 굽는 아저씨나 경환이나, 그런 점에서는 공통분모가 있는 것 같다고 생각하면서 그대로 잠이 들었다.

건너편 베이커리의 간판이 올라갔다. 오픈 날도 며칠 남지 않았다. 멀리서 봐도 한눈에 알 수 있는 익숙한 로고와 글씨체. 전국의 어느 매장을 가도 똑같은 종류와 똑같은 맛이 나는 빵. 그 맛에 길들여진 사람들은 아무런 고민 없이 저곳을 찾겠지.

"실패할 확률은 없잖아."

지수가 그랬다. 처음 보는 빵집에 들어가서 처음 보는 빵을 먹는 것보다 익숙한 것이 좋다고. 진짜 익숙한 건 처음부터 그 자리에 있던 것들인데, 의식하지 못하는 사이 길들여지는 일들을 사람들은 익숙한 것으로 착각하고 있는 건 아닐까. 건너편 베이커리의 오픈 날짜가 사형 선고처럼 다가왔고, 구자혁 빵집의 간판은 더 작아졌다. 이제는 아저씨가 유일하게 믿고 있는 쌍비읍의 불까지 꺼져버릴 것 같았다.

아저씨는 평소와 다르지 않았다. 가끔 말없이 창문을 내다보기는 해도 드러내놓고 표현한 적은 없었다. 하지만 간간이 내쉬는 작은 한숨이 나에게는 하늘을 찢는 천둥소리처럼 들렸다.

유리창에 서린 입김을 닦아내자, 건너편 간판이 또렷하게 보였다. 간판이 보이는 자리쯤에 다시 훅, 입김을 불어넣었다. 베이커리의 간판이 사라졌다. 원을 그리며, 더 큰 입김을 만들기 위해 나는 몸을 위아래, 좌우로 움직였다. 내가 뿜어낸 입김 안에 건너편 베이커리를 가두었다.

"뭐하니?"

발효실에 내려갔던 아저씨가 언제 올라왔는지 등 뒤에 서 있었다.

"유리창은 그만 닦아도 돼. 깨끗하다 못해 없는 것 같다. 걔네들도 존재의 이유가 있을 텐데."

걔네들? 존재의 이유? 아저씨의 말은 가끔 이해할 수 없는 외계어마냥 어려웠다. 아저씨가 제빵실로 들어간 다음, 나는 청소도구들을 챙겼다.

매장을 청소하고 빵을 포장지에 넣어 진열대에 정리하는 일은 금방 끝이 났다. 한쪽에는 아저씨가 내세우는 바게트와 캉파뉴, 호밀빵이, 다른 한쪽에는 크림빵과 소보로빵 등이 자기 영역을 지키는 군사처럼 나뉘어져 있었다.

어렵게 오븐에 들어갈 자격을 얻어내고 마침내 아저씨의 손끝에서 탄생한 빵들. 발효실에 줄지어 서 있던 유리병들과 최적의 반죽을 위해 일주일 넘게 공을 들인다는 아저씨 얘기를 들은 날부터, 나는 매장에서 하릴없이 서성이는 게 몹시 불안해졌다.

천천히 정성으로 만들어진 빵. 아저씨는 그 빵들이 자기의 역할을 잘 해내기를 바랄 것이다. 누군가의 혀끝에서 바삭하고 부드러운 느낌을 전해주고, 고소하고 은은한 풍미를 지닌 맛을 선사한 후에 천천히 소화가 되어 오랫동안 만족감을 주는 그런 빵으로. 하지만…… 진열된 빵은 줄어들지 않았다. 오전에 손님 서넛이 들어와서 몇 개의 빵을 사갔는데 그나마 크림빵이나 단팥빵을 골랐다.

어떤 손님은 찾는 빵이 없다며 그냥 돌아가기도 했다. 아저씨가 야심 차게 만든 바게트는 공기 중에서 점점 노화되어가고 있었고 그 일은 오늘뿐 아니라 어제도, 그제도, 내가 처음 왔던 날부터 줄곧 그랬다.

"빵이 많이 남았는데요."

오후가 되어 아저씨가 빵을 다시 만들어야겠다고 했을 때 내가 말했다. 팔리지도 않은 빵을 치우고 새로 빵을 굽는 아저씨를 이해할 수 없었다.

"시간이 지난 빵은 그만큼 식감이 떨어지지. 특히 바게트는 시간이 생명이거든. 우리 가게에 온 손님한테 그런 빵을 팔 수는 없다."

바게트는 제 역할을 하기는커녕 생명이 사그라진 채 진열대에서 내려와야 하는 굴욕을 겪게 되었다. 손님 중에는 프랜차이즈 베이커리의 빵과는 다른 맛이 난다며 선뜻 바게트를 고르는 경우도 있었고, 그런 손님은 대부분 단골이 되었다. 문제는 그런 손님이 많지 않다는 거였다.

"콘셉트를 좀 바꿔보면 어때요? 기본 바게트에 조미를 해서 만든다든지. 다른 빵집에서도 그렇게 하던데. 그럼 빵 종류도 더 늘어나잖아요."

"그건 바게트의 참맛을 느낄 수 없게 하는 거야."

아저씨가 단호하게 말해서 나는 더 이상 얘기를 꺼내지 못했다.

제빵실에 들어갔을 때, 마침 오븐에서 빵이 완성되었다는 신호음이 울렸다. 아저씨가 오븐을 열고 바게트를 꺼냈다. 빵집 안에 퍼지는 바게트의 깊은 냄새. 바게트는 칼집이 벌어져 먹음직스러워 보였다. 거칠고 단단하지만 속은 솜털처럼 부드러운 빵. 아저씨의 얼굴에 떠오르는 표정은 반죽을 만질 때와는 사뭇 달랐다.

"미나야, 이리 와봐라."

나는 아저씨에게 가까이 갔다. 아저씨는 바게트 앞으로 허리를 바짝 굽히고 있었다.

"들리니?"

"뭐가요?"

"이 소리 말이야."

나는 고개를 저었다. 아저씨가 손짓으로 더 가까이 오라는 시늉을 해서 나도 아저씨처럼 바게트 쪽으로 허리를 굽혔다.

"이제 들려?"

"글쎄요…… 타닥거리는 이 소리요?"

내가 시큰둥하게 대답하자 아저씨는 "바로 그거야!"라면서 내 어깨를 툭 쳤다.

"바게트가 부르는 노래. 빵에서 가스가 빠져나오는 소리지만 프랑스 사람들은 그렇게 말하지."

아저씨는 손가락을 부딪쳐 '딱' 소리를 냈다. 또 시작인가 싶어 나는 허리를 펴고는 어색하게 웃었다.

"잘 구워진 바게트는 이렇게 노래를 해."

아저씨는 지금 이 순간만큼은 기분이 좋아 보였다. 건너편 베이커리의 간판 따위는 상관없는, 잔뜩 꿈에 부푼 소년 같은 표정이었다. 나는 아저씨가 그 기분을 조금이라도 더 느낄 수 있게 얌전히 있기로 했다. 아저씨처럼 바게트의 노래에 감흥을 받아서는 아니었다. 빵에 대한 프랑스 사람들의 어처구니없는 의인화라니. 빵에서 나는 소리가 노래라면, 보글보글 라면 끓는 소리나 압력 밥솥의 밥 짓는 소리는 오케스트라 연주쯤 되지 않을까, 라는 생각을 하면서도 나는 처음 먹었던 아저씨의 바게트가 떠올랐다. 아저씨가 건네준 빵, 내가 고른 빵, 모두 바게트였다. 그 바게트도 오븐 밖으로 나오면서 이렇게 노래를 불렀을까.

아저씨는 노래하는 바게트를 진열대로 옮겨놓았다. 내 몫은 따로 챙겨주었다.

갑자기 울린 전화벨 소리가 천천히 퍼지던 바게트의 향을 흩뜨려놓았다.

"아, 안녕하세요? 미나요?"

전화를 받으며 아저씨가 내 눈치를 보았다. 나는 두 손을 엇갈려 엑스자를 그렸지만 아저씨는 네, 네, 대답만 하다가 전화를 끊었다.

"애순 아줌마죠? 또 여기 올 거래요?"

"미래형이 아니라 현재 진행형이다."

아저씨가 눈짓으로 밖을 가리켰다. 애순 아줌마는 이미 건너편 베이커리를 등지고서 찻길을 건너오고 있었다.

"아, 진짜! 아저씨, 전 아까 나간 거예요!"

나는 겉옷과 가방, 바게트 봉투를 챙겨들고 제빵실로 뛰어 들어갔다. 제빵실의 뒷문을 열고 나올 때 매장의 풍경이 울리는 소리가 들렸다. 뒷문과 연결된 건물 출입구를 통해 밖으로 나왔다. 그러고는 한참을 쉬지도 않고 달렸다.

길을 건너 신호가 바뀐 것을 확인하고서야 숨을 돌렸다. 알바와 달리기를 빼면 내 인생에 남는 게 있기나 할까.

자기 할 일도 바쁘다면서 애순 아줌마는 수시로 빵집에 들렀다. 애순 아줌마는 이해의 차원을 넘어선 오지랖 대마왕이었다.

"미나야, 학원 가자."

양 어깨에 가방을 가지런히 메고 서 있는 아줌마를 처음 보았을 때 아저씨도 풋 웃음을 터뜨렸다. 무슨 초딩도 아니고. 미용 학원에 실습을 가지 않는 날이면, 아줌마는 버스로 한 번에 학원까지 가면 될 걸 꼭 중간에 내려서 빵집에 들렀다.

"저 아니면 얘는 공부도 안 할 걸요. 지금은 제가 얘 보호자나 마찬가지예요."

처음 빵집에 들른 날, 아줌마는 말도 안 되는 소리를 늘어놓았는데 아저씨는 황당하게도 바게트의 속살 같은 웃음을 지으며 "좋은 분이시네요"라고 대답했다.

"아줌마가 왜 제 보호자예요? 무슨 근거로?"

"너랑 나랑 같은 반이잖아."

"그게 왜 보호자냐고요?"

내가 묻자 애순 아줌마는 가방을 멘 어깨만 으쓱해 보였다.

도움이 되기는커녕 여러 가지로 귀찮은 아줌마다. 같은 반에서 공부한다고 친구처럼 지내려고 하는 것도 싫다. 스무 살이나 넘게 나이 차가 나는 사람하고 친구는 무슨. 차라리 왕언니 아줌마를 언니라고 부르고 말지.

찬바람이 얼굴을 할퀴고 지나가 외투 안으로 목을 더 움츠렸다. 요란하게 시작된 겨울은 갈 길이 멀었다는 것도 모르는지 쉬지 않고 찬바람을 뿌리고 있었다.

휘익.

입으로 소리를 내보았다. 내 뺨을 스친 바람 소리. 바게트에서 나오던 노래. 입을 오므리고 다시 휘파람을 불어보았다. 볼이 얼어서 무거운 바람 소리만 났다.

알바 구함

아저씨를 처음 만난 날은 평년보다 첫눈이 일찍, 그것도 제대로 내려주면서 신고식을 했던 날이었다. 발목이 드러나는 경환이의 교복을 보았을 때부터 내 기분은 이미 바닥으로 추락하고 있었다.

"넌 왜 자꾸 크는 거야? 교복 산 지 일 년도 안 됐는데."

내가 이불 속에서 부스스 나왔을 때, 경환이는 이미 학교 갈 준비를 마친 뒤였다. 나도 모르게 목소리에 짜증이 섞였다. 늘 그렇듯이 아침은 생략이었다. 잘 먹지도 못하는데 경환이는 쑥쑥 자라, 입학할 때 산 교복은 1학년을 마치기도 전에 작아졌다. 샀다고는 해도 경환이 키에 맞춰 산 게 아니라 재활용 교복을 싼 가격에 득템 한 거였지만.

"별걸 다 시비야. 또 사달라고 안 할 테니까 걱정 마."

경환이가 툴툴거리며 가방을 들쳐 메고 나갔다.

"수업 끝나면 집에 오지 말고 학교에서 공부해!"

문이 닫히고 난 다음에야 소리를 질렀다. 우리가 사는 좁은 지하의 공간은 바깥 기온과 크게 차이가 없었다. 난방을 제대로 할 수도 없으니 경환이가 조금이라도 학교에 있다 오는 편이 나았다.

경환이는 공부만 하는 아이였다. 학원을 다니는 것도 아니고 참고서도 선생님들한테 얻어 쓰는 게 전부인데 성적은 늘 상위권이었다. 연년생 동생이지만 내가 봐도 남매라는 생각이 들지 않을 때가 더 많았다.

엄마 아빠가 있었으면 엄청 자랑을 하고 다녔겠지. 엄마 아빠가 있었으면 경환이가 저런 교복을 입지 않았겠지. 엄마 아빠가 있었더라면 나도…… 아침부터 엄마 아빠가 내 마음을 파고들었다. 날이 추워서였을까. 나는 따뜻한 품이 그리워 엄마 아빠 생각을 떨쳐버리지 못했다.

"삼만 원 주유 시작합니다!"

입을 열 때마다 몸 구석구석으로 바람이 들어왔다. 다른 날보다 주유하려는 차가 많아 얼어 있는 손을 녹일 사이도 없이 오전 내내 뛰어다녔다. 손끝과 발끝의 감각이 차츰 무뎌졌다. 차가 없는 틈을 타 잠깐 짬을 내어 손을 녹이기로 했다. 장갑을 벗고 두 손을 비벼댔다. 손을 모아 입가로 가져간 다음, 입김을 불었다. 손이 녹는가 싶다가도 금세 차가워졌다. 그 순간 하늘을 올려다본 게 실수라면 실수였다. 밤새 눈을 쏟았던 구름은 사라지고, 차가운 날씨와 상관없이 하늘은 푸르고 맑았다. 햇살이 눈처럼 쏟아져 내려

나는 살짝 인상을 찌푸렸던 것 같다. 다시 아빠 생각이 났다. 언 손을 녹여주던 아빠의 입김. 항상 따뜻했던 아빠의 손.

"손이 왜 이렇게 차가워?"

어렸을 때 밖에서 놀다 들어오면 아빠는 늘 손을 먼저 잡아주었다. 내 손을 아빠의 입으로 가져가 호호, 불어주면 난롯가에 앉은 것처럼 손은 금방 녹았다.

"손이 차가워요."

이번에는 내가 먼저 두 손을 내밀었다. 물끄러미 나를 바라보던 아빠는 안타까운 표정만 짓고 있을 뿐 예전처럼 입김을 불어주지 않았다. 나는 두 손을 마주 잡고 내 입으로 가져왔다. 호호, 입김을 뿜어냈다. 손은 따뜻해지지 않았다. 아빠의 입김이 필요한데, 한 번만이라도. 고개를 들어보았다. 하지만 그 자리에 아빠는 없었다.

차가운 두 손을 그러모으고 나는 엄마 아빠의 품으로 들어갔다. 코끝이 시큰해지는가 싶을 무렵 자동차의 경적 소리가 들렸다. 고지에 오른 청룡열차가 떨어지는 속도만큼 나는 현실로 돌아왔다. 이미 두 대의 차가 주유기 앞에 멈춰 서 있었다. 서둘러 가까운 곳에 있던 차로 다가가 주유기를 꽂았고, 모든 일은 거기서부터 시작되었다.

"야! 누가 먼저 들어왔니? 저 차야, 내 차야?"

여자 손님은 자기 차보다 뒤에 들어온 차에 먼저 주유기를 꽂았다는 걸 이유로 시비를 걸더니, 나중에는 내가 사과를 하지 않은 데다 손님한테 버릇없이 또박또박 말대꾸까지 했다며 차에서 내려 본격적으로 삿대질을 시작했다. 사과를 하지 않았던 건 다짜고짜 반말을 들을 정도로 잘못하지는 않았다고 생각해서였다. 맞서서 따지고 싶은 걸 그래도 꾹 참고 있었다. 그 말을 듣기 전까지는.

“주유소 알바나 하는 주제에 어디서 못된 것만 배워서. 네 부모도 알 만하다.”

여자가 마지막으로 뱉은 말이 그대로 내 귀에 걸렸다. 참아야 한다는 이성적인 생각이 점점 쪼그라들었다. 여자가 다시 차에 타려는 순간, 나의 이성은 이미 점처럼 작아져 있었다.

“아줌마 자식들도 진짜 안됐네요. 자기 엄마가 이렇게 교양 없고 무식한 거 알아요?”

나는 항상 생각을 정리하기 전에 말이 먼저 튀어나왔고 몸이 먼저 움직였다. 내 말에 차문을 쾅 닫은 여자가 가까이 와서 내 얼굴을 향해 손을 들어 올렸지만, 나는 반사적으로 여자의 손을 쳐냈고 그 힘에 밀려 여자가 비틀거렸다. 여자는 흥분을 가라앉히지 못하고 나를 향해 욕설을 퍼부었고, 급기야는 나에게 무릎을 꿇고 사과하라고 명령했다. 나는 그런 여자의 얼굴을 똑바로 보고 말했다.

“싫거든요!”

나는 천천히, 정확하게 말했다. 만 원이 안 되는 시급에 내 자존심까지 팔고 싶지는 않았다. 부모님은 지켜야 했다. 내 말에 여자는 제 성질에 못 이겨 숨이 넘어갈 듯했다.

“너 몇 살이야? 어느 학교 다녀? 아니지, 당장 경찰 불러!”

"그래요, 경찰 불러요! 폭력은 아줌마가 먼저 쓰려고 했잖아요. 내 행동은 정당방위예요. 그리고 저 학교 안 다녀요. 그래서 어쩌라고요!"

마지막 말은 악에 받치듯 소리쳤다. 여자가 나에게 달려드는 걸 주유소 사람들이 겨우 막아섰다. 자리를 비웠던 사장이 연락을 받고 와서 허리를 굽혀가며 사과했고, 사장은 여자보다 더 큰소리로 나를 몰아세웠다.

"어디서 손님한테 함부로 해? 교육받은 거 잊었어?"

사장의 목소리가 높아질수록 여자의 기세는 조금씩 수그러들었다. 덕분에 나는 무릎을 꿇어야 하는 상황은 면했지만, 내 사과를 받기 전까지는 여자가 차를 빼지 않겠다고 우겼기 때문에 나는 마음에도 없는 사과를 해야만 했다.

겨우 진정된 여자가 주유소를 떠나고 나서도 일은 끝나지 않았다. 부디 무사히 하루를 마치고 싶었지만 그날따라 사람들은 나를 가만 내버려두지 않았다. 다들 내가 얼마나 버티는지 시험이라도 하듯이.

"심심하면 연락해. 오빠들이 놀아줄게."

창문 밖으로 명함을 날리고 사라지는 승용차를 볼 때에는 감각마저 무뎌져 화도 나지 않았다.

방전된 몸으로 화장실 구석에 쪼그리고 앉아서 작은 창문으로 들어오는 햇살을 바라보았다. 창문 너머의 하늘. 이렇게 맑은 날에도 햇살은 내게 닿지 않았다. 엄마 아빠는 너무 멀리 있었다.

오후부터는 기계처럼 움직였다. 어서 오세요, 안녕히 가세요, 라는 말이 센서가 작동하듯 튀어나왔고, 주유기를 꽂고 계산을 하는 일은 입력되어 있는 로봇 같았다.

"추운데 학생이 고생이 많네."

주유를 마친 차 안에서 굵직한 남자의 목소리가 들렸다. 나는 처음으로 고개를 들어 차 안에 있는 손님을 보았다. 거무스름한 얼굴에 흰머리가 희끗희끗한 남자는 서글서글한 웃음과 함께 나에게 빵 봉지를 내밀었다. 끝이 뾰족하고 단단한 빵이었다.

조수석에 앉은 여자가 같은 빵을 하나 더 건네주었다. 비니 모자를 눌러쓴 여자는 나와 눈이 마주치자 희미한 웃음을 지어 보였다. 나는 두 개의 빵을 말없이 받아들었다.

"수고해요."

남자는 부드러운 인사를 남기고 창문을 올렸다. 차가 내 앞을 지나 주유소를 빠져나갈 때까지 나는 빵을 내려다보고 있었다. 기계처럼 흘러나오던 안녕히 가세요, 감사합니다, 라는 인사조차 하지 못했다는 것을 뒤늦게 깨달았다.

거칠고 투박해 보이는 빵이 남자의 얼굴과 닮았다고 생각했다. 그 순간, 손에 들고 있는 빵 봉지가 손난로라도 되는 것처럼 손끝에서부터 따뜻한 온기가 퍼져 나갔다. 구자혁 빵. 나는 포장지에 새겨진 '구자혁'이라는 이름을 보고 또 봤다.

구자혁 빵집이 주유소 근방에 있는 가게라는 것을 그 뒤에야 알았다. 모퉁이를 끼고 있는 이 층짜리 낡은 건물의 일 층에 자리한 작은 빵집이었다. 내가 매일 다니는 길목에 있었지만 아저씨를 만나기 전까지는 그 자리에 빵집이 있다는 사실조차 깨닫지 못했다. 한마디로 구자혁 빵집은 존재감이 없는 빵집이었던 셈이다. 이름을 불러주었을 때 꽃이 되었다는 시의 한 구절처럼, 아저씨가 내민 빵 봉지를 받아들었을 때에야 비로소 구자혁 빵집의 간판이 눈에 들어왔다.

허름한 건물과 낡은 간판. '빵'의 'ㅏ'에는 불도 들어오지 않았다. 그나마 쌍비읍과 이응의 조합 때문에 멀리서 봐도 빵집으로 추측할 수는 있었지만, 간판의 빛은 희미하고 불안했다. 그래서였을까. 나는 구자혁 빵집을 알게 된 다음부터 확인하듯 매일 간판을 바라보았다. 엄마 아빠가 운영했던 포장마차 '미나네'의 현수막이 잘 걸려 있는지 확인했던 그때처럼. 구자혁 아저씨의 따뜻한 빵이 오래도록 사라지지 않았으면 좋겠다고 생각할 때마다, 나는 구자혁 빵집의 간판이 불안하게 느껴졌다.

빵집의 구인 광고를 봤던 건, 그러니까 우연이 아니었다.

아르바이트생 구함.

근무 시간: 오후 한 시 ~ 오후 여섯 시.

맨 아래에는 휴대전화 번호가 적혀 있었다. 언뜻 보기에도 작은 가게였고 늘 아저씨 혼자 일하고 있었는데, 아르바이트생을 뽑는 모양이었다. 따뜻하고 맛있는 냄새가 나는 곳. 그런 곳에서 일을 하면 어떨까. 주유소와는 너무도 다른 세상일 것 같았다. 동화에나 나올 법한 아기자기한 빵과 과자들, 코로 스며드는 달콤한 향기. 상상만으로도 몸이 훈훈해지는 느낌이 들어 나도 모르게 빵집의 문을 열었다.

맑은 풍경 소리가 구수한 빵 냄새와 섞여 굳어 있던 감각을 깨웠다.

"어서 오세요."

빵을 정리하던 아저씨가 인사를 했다. 주유소에서 기름을 넣고 나에게 빵을 건네준 아저씨였다. 아저씨는 막 빵을 굽다 나온 듯한 차림이었다.

나는 가게 안을 둘러보았다. 빵 종류가 얼마 되지 않아 조금 실망했다. 프랜차이즈 베이커리에 있는 갖가지 종류의 먹음직스러운 빵에 비하면 초라하기 짝이 없었다. 나는 그중에서 가장 많은 자리를 차지하고 있는 바게트를 하나 골랐다.

"지금 먹기에 딱 좋은 바게트예요."

아저씨는 내 얼굴을 기억하지 못하는 것 같았지만 그날처럼 친절하게 웃으며 바게트를 봉투에 담아주었다. 학원까지 걸어가는 길을 택하며 아껴둔 돈으로 나는 빵값을 치렀다.

"다음에 또 와요."

아저씨의 인사에 나는 어정쩡하게 대답했다. 문을 열고 나올 때도 풍경 소리가 울렸다. 빵 냄새, 아저씨의 웃음과 풍경 소리는 내가 끌어안은 바게트에 그대로 묻어왔다.

주유소와 학원을 오가는 길목에서 나는 매일 구자혁 빵집을 바라보았다. 빵집의 구인 광고는 한동안 계속 붙어 있었다. 따뜻하고 깊은 향이 나는 빵이 있는 곳으로 당장이라도 가고 싶었지만, 현실이 발목을 잡았다. 다섯 시간 동안 일을 하면 벌 수 있는 돈이 줄어든다는 것이 가장 큰 문제였다. 그럼 다른 일을 또 알아봐야 하고 학원 일까지 하면 '쓰리 잡'을 할 수밖에 없는 형편이었다.

주유소를 박차고 나올 수도 없었다. 어떤 일이든 새로운 상황과 맞닥뜨리는 일은 용기를 필요로 했고, 나는 쉽게 결정을 내릴 수 없었다. 그러면서도 아직 구인 광고가 붙어 있다는 사실에 조금 안도하고 있었다. 마음만 먹으면 언제라도 빵집에서 일을 할 수 있을 것 같았다. 그게 나만의 착각이었다는 것을 곧 알게 되었지만.

사장이 신경질적으로 사무실 문을 열고 내 이름을 불렀을 때, 나는 이미 불길한 무엇을 직감했다. 늘 그렇듯이 안 좋은 예감은 빗나가는 법이 없었다. 나의 알바 경력에 새로운 실수를 추가했다. 단말기에 카드 결제를 하면서 나도 모르게 '0' 하나를 더 누른 것이다. 십만 팔천 원은 백팔만 원이 되었지만, 나도 손님도 알아차리지 못했다. 점심 무렵 벌어졌던 일은 퇴근 시간이 거의 다 되어 손님이 항의 전화를 하면서 밝혀졌다.

"백팔만 원? 손님 차가 무슨 탱크냐? 어휴, 이걸 그냥!"

사장이 탁자 위에 놓인 계산기를 들었다가 놓았다. 나도 모르게 몸을 움츠렸다. 명백한 내 실수였다. 날씨가 춥고 손이 얼어 구제 관절 인형처럼 뻣뻣하게 움직였던 내 손가락에 대해 해명을 한들,

사장이나 손님이나 카드 회사에서 이해해줄 리가 없었다.

다시 와서 취소 결제를 해야 한다는 사장의 말에 손님이 화를 내는 소리가 전화기 밖까지 들렸다. 지금까지 저지른 실수를 빌미로 사장은 나를 해고하겠다고 했다. 이주일치의 알바비는 손해배상이라고 하면서.

"이주일치를 다 제하는 건 너무해요."

"알바하는 것들은 이래서 안 돼. 뭘 잘못했는지를 몰라."

사장은 나를 확 밀치고 사무실 밖으로 나갔다. 화가 나고 억울하다는 말로는 부족했다. 어떻게든 살아남으려고 안간힘을 써왔는데, 이런 결과라니.

나는 사무실을 박차고 나왔다. 주유를 하고 있던 사장에게 당당하게 걸어갔다. 사장은 뜨악한 표정으로 나를 바라보았다.

"좋으시겠어요."

"얘가 또 왜 이래?"

차 안에서 손님이 나를 흘끗거렸다.

"알바비 떼어드시고 돈 많이 버시잖아요."

"뭐?"

사장의 얼굴이 확 밟아놓은 캔처럼 구겨졌다.

"저, 그렇지 않아도 여기 그만두려고 했거든요. 지난번에도 그러셨잖아요. 어디 저만 그랬어요? 부려먹다가 적당한 트집 잡아서 월급도 안 주고 쫓아낸 알바생들이 열 손가락으로도 모자라요. 이렇게 큰 주유소 가지고 계신 사장님께서 너그러운 마음은 병아리 발톱만큼도 없으시니까 앞으로 얼마나 부자가 되시겠어요? 저는 나가드릴 테니까 앞으로도 쭉 알바비 많이 쳐드세요."

"뭐, 뭐가 어째?"

사장은 이런 황당한 경우는 처음이라는 듯 말도 제대로 잇지 못했다. 나는 고개를 치켜든 채로 사장을 향해 내가 지을 수 있는 최대한의 표정을 끌어내어 비웃음을 날려주고는 돌아섰다. 등 뒤에서 들려오는 사장의 욕설에도 주눅 들지 않았다. 손님들과 다른 알바생들의 시선이 느껴졌지만 당당하게 주유소를 걸어 나왔다.

모퉁이를 돌고 나서야 뒤를 돌아보았다. 눈물이 핑 돌았다. 이건 어떤 종류의 눈물일까. 분명한 건 슬퍼서 흘리는 눈물은 아니라는 거였다. 모든 게 원망으로 똘똘 뭉쳐 만들어내는 눈물이 슬픔일 리가 없었다.

"짜증 나."

혼잣말이 튀어나왔다. 눈두덩을 꾹 눌러서 나오려던 눈물을 집어넣었다. 눈물을 떨어뜨리는 순간, 세상에게 지는 것 같았다.

아까처럼 거친 숨소리를 뱉어내며 걷기 시작했다. 쌓인 눈에 시위라도 하듯 꾹꾹 눌러 밟았다. 이제 막 행군을 시작하는 군인처럼 성큼성큼 걸어 나갔다. 모퉁이를 돌고 큰길이 나오고 버스 정류장을 지나고…… 습관처럼 돌아보았던 구자혁 빵집도 그냥 지나쳤다. 불안한 간판은 오늘도 그대로겠지. 손님 하나 없는 가게 안에서 쓸데없이 웃음을 짓고 있는 아저씨도 거기 그 자리에.

한참을 걸어가다가 나는 제자리에 멈춰 섰다. 뭔가 찜찜했다.

모든 게 날아간 것 같은 기분이 들면서 갑자기 아저씨 빵이 생각났다. 푸근하고 구수한 빵 냄새. 방향을 바꿔 나는 왔던 길을 되돌아가기 시작했다. 빵집의 간판을 확인하지 않으면 아무것도 할 수 없을 것만 같았다. 마침 아르바이트생을 뽑는다고 하지 않았던가. 차라리 잘된 일인지도 모른다고 생각하자 방금 전의 감정은 완전히 사라졌다.

하지만 다시 돌아왔을 때 그 자리는 비어 있었다.

개인 사정으로 당분간 가게 문을 닫습니다.

나는 먹던 과자를 빼앗긴 아이처럼 한참을 멍하게 서 있었다. 구자혁 빵집의 간판이 꺼져 있었다. 셔터가 내려와 있고 그 위에는 달랑 종이 한 장만 붙어 있었다. 어제까지만 해도 아르바이트생을 구한다는 광고가 붙어 있던 자리에 전혀 다른 글이 쓰여 있었다. 정갈하게 쓴 손 글씨. 당분간이라고 하니까 완전히 문을 닫는 것은 아닌 모양이다. 휴가라도 간 걸까, 무슨 일이 있는 걸까, 아니면 내부 수리 중일까. 혼자서 머리를 굴려보았지만 아저씨의 사정을 내가 알 턱이 없었다.

버스 정류장까지 가는 짧은 거리를 걷는 동안 나는 주저앉을 것처럼 기운이 빠졌다. 어깨에 쌓이는 눈발마저 무겁게 느껴졌다. 불안했던 간판은 결국 빛을 잃었다. 무엇으로도 위로가 되지 않는 날, 나를 기다려줄 것 같던 따뜻한 세상은 온데간데없이 사라져버렸다. 배신감마저 들었다. 주유소를 박차고 나올 때 빵집의 구인 광고가 떠올라 더 용기가 났는지도 모른다. 하루 만에 이렇게 변해버리다니.

정류장의 의자에 걸터앉아 가방을 끌어안은 채 온몸을 웅크리고 있었다. 눈발은 굵어져 이제 펑펑 쏟아지기 시작했다. 눈송이 사이사이로 보이는 구자혁 빵집이 혼자 앉아 있는 나만큼이나 쓸쓸해 보였다. 지금이라도 반짝, 빵집의 불이 켜지고 가게 안이 환해질 것 같은 기분이 들었다. 그 안에서 갓 구운 빵을 들고 다니던 아저씨의 모습. 늘 그 자리에 있을 거라고 생각한 것이 사라질 때의 기분. 나는 아직 거기에 익숙하지 못했다.

구자혁 빵집

주유소를 그만두고 나서 꼬박 하루 동안 이불을 쓰고 누워 있었다. 저녁에 겨우 일어나 마지막 수업을 듣고 교실 뒷정리를 했다.

"넌 수업을 들으려고 학원에서 일을 하는 거니, 일을 하려고 수업을 듣는 거니? 너 같은 근로 장학생은 처음 본다."

애순 아줌마가 한심하다는 듯이 말했지만 대꾸도 하지 않았다. 그럴 기운도 없었다. 지수는 또 결석이었다.

집에 들어오자마자 라면을 하나 끓여먹고 다시 자리에 누웠다. 상황을 정리할 필요가 있었지만, 생각은 계속 같은 자리만 맴돌았다. 일한 대가도 받지 못하고 쫓겨난 주유소와 불안하던 불빛마저 의지하지 못하게 된 현실 앞에서 나는 길 잃은 아이처럼 우왕좌왕했다.

이불 밖에서 경환이가 움직이는 소리가 들렸다. 글씨 쓰는 소리, 책장을 넘기는 소리, 작게 웅얼거리는 소리. 하나밖에 없는 누나가 이러고 있는데도 공부가 되나. 이불을 걷어내고 막 환생한 시체처럼 벌떡 일어났다. 고개도 돌리지 않고 책과 씨름하는 경환이는 방 안에서도 파카를 입고 손가락장갑까지 끼고 있었다.

"생각할수록 짜증 나고 열 받아. 그 돈이 어떤 돈인데. 일곱 시간 일하기로 한 거, 사장한테 사정해서 여덟 시간으로 연장한 건 내 탓이라고 쳐. 근데 하루에 열 시간은 일했단 말이야. 거기다 돈도 못 받고 쫓겨난다는 게 말이 돼? 이건 엄연히 근로기준법 위반이라고. 확 신고할까?"

경환이는 대답 대신 계속 책만 들여다보고 있었다. 어차피 대답을 기대하고 한 얘기는 아니었다.

"빵집은 도대체 왜!"

소리를 뱉어내는 데 허연 입김이 드라이아이스처럼 뿜어져 나왔다. 나는 무릎 사이에 얼굴을 묻었다. 열여덟의 인생을 이렇게 끝내고 열아홉을 맞이한다고 생각하자 가슴이 막혀왔다. 꼬박 하루를 고민해봤자 선택할 수 있는 경우의 수는 없었다.

한참을 그렇게 있다가 나는 주섬주섬 펜과 종이를 챙겼다.

"주유소가 뭐 거기만 있는 것도 아니고…… 내일부터 알바 사냥한다."

일부러 씩씩하게 말했던 건, 경환이가 고개를 들어 나를 보고 있어서였다. 바닥에 배를 깔고 엎드려 이력서를 쓰기 시작했다. 컴퓨터가 없기도 했지만, 자필 이력서에 관심을 갖는 경우도 있어

정성껏 글자를 적어나갔다.

"너, 조울증이냐? 이랬다저랬다 하게."

경환이가 겨우 한마디를 내뱉었다.

법에서 정한 최저임금. 엄밀하게 따지면 내가 받는 시급은 거기에도 미치지 못했다. 그 이상을 요구할 수도 없었다. 하지만 나는 다시 알바를 찾아야 했다. 내가 할 수 있는 일은 그것밖에 없었다. 선택이 아닌 현실이었다.

○○초등학교 졸업, ○○중학교 졸업이라고 쓴 다음에 잠깐 망설였다.

"자퇴한 거 쓸까 말까."

고개를 들어 경환이를 쳐다보았지만 경환이는 다시 책 속에 얼굴을 파묻고 있었다. 입을 작게 씰룩거리는 것이 뭔가를 외우고 있는 모양이었다. 경환이가 대답을 하지 않는 게 아니라 내 말을 못 들었을지도 모른다는 생각이 들었다. 경환이라면 가능한 일이었다. 나는 펜을 들고 잠시 고민했다. 자퇴라고 쓰면 다들 나를 막 나가는 애쯤으로 해석해버린다. 그렇다고 그걸 쓰지 않으면 고등학교는 아예 입학을 안 한 거냐고 묻고, 그러다 보면 또 얘기가 길어져 나중에는 나를 불쌍한 애로 보거나 학교생활에 적응하지 못한 애로 보다가 궁극에는 자기들 마음대로 받아들였다. 학교에 안 다니는 애들은 뭔가 결여되었다고 생각하는 것 같았다. 그 말이 완전히 틀리다고는 할 수 없지만 인정하고 싶지도 않았다.

고민하다가 솔직하게 쓰기로 했다. ○○고등학교 1학년 자퇴.

다음 줄에는 검정고시 학원 재원 중이라고 썼다. 자기소개서까지 쓸 필요는 없었지만 나는 소개서까지 써내려가기 시작했다. 색안경을 끼고 보는 사람들에게 미리 대답을 하는 거였다.

글자를 꾹꾹 눌러쓸 때마다 손가락 마디가 아파왔다. 나는 손가락을 털어가며 이력서와 소개서를 여러 장 만들었다.

"바보야. 피시방이라도 가든지, 아니면 한 장만 쓰고 복사를 하든지. 무식하게 그게 뭐냐?"

경환이가 답답하다는 듯이 말했지만, 들은 척하지 않고 계속했다.

"주유소 말고 다른 거 하면 안 돼?"

한참 뒤에 경환이가 다시 물었다. 나는 이번에도 경환이의 질문을 씹었다. 유치한 복수라기보다 달리 대답하기가 애매했다. 조금이라도 편한 자리는 산다 하는 애들도 달려들었다. 그 아이들도 돈이 필요했다. 그 돈으로 옷이나 렌즈를 사야 했고 좋아하는 가수의 음반을 사거나 콘서트를 가야 했고 그들 나름대로 간절한 무엇이 있었다. 이유는 알 수 없지만 나는 항상 그 아이들에게 밀려났다. 동의서를 써줄 보호자도, 어쩌다가 나온 자리를 비집고 들어갈 순발력이나 운도 별로 없었다. 그나마 자퇴하기 전부터 일했던 주유소가 나에게는 관대했던 것 같다. 똑같은 잔소리 유전자를 가진 사장들을 만나는 게 문제였지만.

다음 날 경환이가 학교에 가고 나서, 나는 서둘러 집을 나왔다. 밤새 쓴 이력서가 들어 있는 가방이 묵직했지만, 무거운 마음이 들까 봐 일부러 콧노래까지 흥얼거렸다. 지하 계단을 올라와서는 마당에 쌓인 눈도 치웠다. 밀려서 내는 월세에 대한 이자 같은 거였다. 이 층에서 주인아주머니가 빼꼼 내려다보다가 다시 들어갔다.

걸음을 내디딜 때마다 눈 밟는 소리가 났다. 짜증도, 화도, 원망과 분노도 눈 속에 묻어버리고 싶었다. 뒤를 돌아보니 내가 지나온 발자국 위로 햇살이 내려와 반짝였다. 벼랑 끝을 걷고 있는 걸 알면서도 나는 억지로 웃어보았다. 기분이 조금 나아졌다.

가장 먼저 구자혁 빵집으로 갔다. 가게 문은 여전히 닫혀 있었다. 가게 문을 닫는다는 메모도 그대로였다. 당분간, 이라는 말이 그나마 위안이 되었다. 나는 가방에서 이력서가 든 봉투를 꺼냈다. 벌써 아르바이트생을 뽑았을지도 모른다. 당분간이라는 시간이 얼마나 걸릴지 알 수 없지만, 아저씨가 이력서를 꼭 봐주기를 바라며 셔터 아래로 봉투를 밀어 넣었다.

해가 질 때까지 남은 이력서를 품고 추운 거리를 헤매고 다녔다. 이력서를 내고 형식적인 질문과 답변이 오가고 허탈하게 가게를 나오기를 수차례 거친 후에야 일자리를 구했다. 나는 다음 날부터 편의점에서 아르바이트를 시작했다.

그 이후로도 오고 가는 길에서 마주친 구자혁 빵집은 셔터가 계속 내려와 있었다. 아저씨에게 연락이 온 것은 이 주 정도가 지난 후였다.

"아아아! 아파요!"

계단까지 나오고 나서야 애순 아줌마는 내 팔을 놓아주었다. 팔이 얼얼했다.

"손힘이 왜 이렇게 세요?"

나는 팔을 문지르며 있는 대로 얼굴을 구겼다. 애순 아줌마는 양손을 옆구리에 올리고는 어이가 없어 죽겠다는 얼굴로 나를 올려다봤다. 아줌마 옆에 서니 내 키가 크다는 게 실감 났다.

"뭐? 수업을 안 들을 테니까 일한 건 돈으로 달라고? 그게 말이 되니?"

"그게 뭐요? 내가 일한 대가를 달라는 건데."

"여기 학원비가 얼만 줄이나 알아? 너 하루에 여기서 일하는 시간은? 수업 듣는 게 남는 거야, 이 바보야."

"그러니까 일하는 시간을 늘린다고요. 교무실이며 상담실, 원장실에 복도 청소까지 다 할 수 있다니까요."

아줌마가 뱉어내는 한숨과 함께 걸치고 있던 두 팔이 아래로 툭 떨어졌다.

새로 구한 일자리는 오래가지 못했다. 어쩐지 너무 쉽게 구해진 게 이상하다 싶었다. 편의점 사장은 매상도 적은 데다 알바까지 쓰는 건 아무래도 무리라는 말을 하면서 몹시 미안해했다. 주급에 김밥 같은 간식까지 챙겨주는데 나중에는 내가 더 미안할 정도였다. 보기 드물게 마음 좋은 사장이었는데 세상은 참 여러모로 불공평하다는 생각이 들었다. 나는 다시 일을 구해야 하는 상황이 되었다.

학원으로 와서 원장님을 찾아갔다. 근로 장학생으로 수업 듣는 걸 포기할 테니 월급을 달라고 말했는데, 원장님은 대답 대신 내 앞에서 애순 아줌마에게 전화를 걸었다. 그러고는 자기에게는 아무런 결정권이 없다는 듯이 애순 아줌마랑 얘기를 해보라고 했다. 세상에 믿을 사람이 없었다.

"짜증 나 진짜. 남 일에 신경 좀 꺼요."

"그 짜증 난다는 소리 좀 집어치울래? 그게 얼마나 빠르게 전염되는지 몰라? 그리고 내가 지금 참견 안 하게 됐니? 너 어떻게 여기서 공부하게 됐는지 몰라?"

"알아요, 알아. 다 아줌마 덕분이에요. 고맙습니다."

건성으로 인사하고 가려는 걸 아줌마가 다시 내 팔을 잡았다. 엄청난 손가락 힘이 살을 파고들었다. 나도 모르게 신음이 나왔다. 이 아줌마는 진짜 모든 영양분이 손가락으로 가는 건 아닐까.

"시험 때까지는 무슨 일이 있어도 수업 들어."

"혼자 해도 돼요. 봄에 떨어지면 여름에 다시 볼 거예요."

"그런 마음으로 뭘 한다는 거야? 봄 지나면 바로 여름이거든?"

돌아서서 가려고 할 때 아줌마가 내 가방을 낚아챘다.

"아, 진짜! 유치하게 왜 이래요?"

한참 애순 아줌마랑 옥신각신하고 있는데 전화벨이 울렸다. 낯선 번호였다.

"이미나 학생?"

귀에 익은 목소리였지만 누군지 퍼뜩 떠오르지 않았다.

"여기 구자혁 빵집인데요."

나는 그제야 목소리의 주인공을 기억했다.

"아직 아르바이트를 안 구했으면 여기서 일할 수 있어요? 괜찮다면 내일부터 나와줬으면 하는데."

"네, 할 수 있어요."

묻지도 따지지도 않았다. 몇 시간을 일하고 얼마를 받든 그건 나중에 생각하고 싶었다.

"저 그냥 수업 들을게요. 방금 취직됐거든요."

전화를 끊자마자 아줌마 손에서 가방을 빼앗았다. 방심하고 있던 아줌마가 정신을 차리기 전에 나는 빠르게 계단을 내려왔다.

"어디 가? 이제 수업 시작하는데! 수업 대신 돈 받는 건 꿈도 꾸지 마! 원장님도 안 된다고 할 거니까!"

아줌마의 잔소리가 계단을 타고 미끄러져 내려왔다.

눈이 녹는가 싶더니 다시 내렸다. 치운 보람도 없이 쌓이는 눈 때문에 도로는 내내 빙판이 되어 있었다.

버스를 타고 빵집으로 가는 동안 나는 창밖 풍경을 유심히 보았다. 오래된 건물들, 크고 작은 간판들, 지나가는 사람들. 늘 봐오던 것들이지만 특별하게 보였다. 무심코 지나치면 아무것도 아니지만, 관심을 갖는 순간부터 그것들은 저마다의 의미가 생긴다. 구자혁 빵집처럼.

가게 앞에서 나는 잠시 숨을 골랐다. 셔터가 올라가고 가게 문이 열려 있었다. 간판은 그사이 빛이 더 바랜 것 같았다. 문을 열고 들어가자 언젠가 그날처럼 풍경 소리가 울렸다. 빵을 정리하던 아저씨가 돌아보았다.

"안녕하세요?"

꾸벅 인사를 하자 아저씨가 고개를 끄덕였다. 아저씨는 계산대에 있는 의자를 끌어와서 앉으라는 시늉을 했다. 작은 탁자를 사이에 두고 아저씨와 마주 앉았다. 탁자 위에는 '구자혁 빵'이라고 새겨진 포장지가 올라와 있었다.

"가게 문을 닫은 지가 꽤 됐는데 어떻게 이력서를 넣고 갔어요?"

"당분간 닫는다고 하셨으니까 곧 다시 열 거라고 생각했어요. 그전에 아르바이트생을 뽑는다는 광고를 봤거든요."

아저씨가 작게 고개를 끄덕였다.

"사정이 좀 있어서 가게 문을 닫았지요."

아저씨가 씁쓸하게 웃었다. 쉽게 말하기 힘든 사정인 것 같았다.

"보다시피 작은 가게고 할 일도 많지 않아 아르바이트생은 써본 적이 없어요. 시급도 많이 못 줘요. 딱 최저임금으로만 줄 수 있는데."

"알고 있습니다."

"하루 종일 일할 필요는 없고 하루에 다섯 시간 정도만 해주면 되고요."

아저씨는 그래도 일을 하겠냐는 듯이 나를 빤히 보았다. 나는 그것도 괜찮다고 대답했다.

"주당 근무 시간은 지켜줄게요. 주휴 수당도 챙겨주고. 얼마 안 되겠지만."

아저씨가 미안해하는 투로 말했지만 나에게는 생각지도 못한 횡재였다. 주휴 수당이라는 게 있다는 것만 알았지 받아본 적은 없었으니까.

"주유소에서는 하루 종일 일하던데, 거긴 언제 그만둔 거예요?"

아저씨의 질문에 나는 조금 놀랐다. 내 얼굴을 기억하지 못한다고 생각했는데, 그게 아니었다.

"어, 얼마 전에요."

대강 얼버무려 대답했다. 자세한 얘기를 물어볼까 봐 살짝 긴장이 되었다. 그럼 내가 실수한 얘기까지 해야 했다.

"학생이 성실한 것 같다고 아내가 칭찬을 했었어요."

나는 조금 감동을 받았다. 나 혼자 구자혁 빵집의 포장지를 보면서 느꼈던 따뜻함이 착각은 아니었나 보다.

"출근하면 재료를 정리하고 내가 빵 만드는 동안 손님들을 맞으면 돼요. 혹시 빵을 만들어본 적은 있어요?"

빵을 만들어본 적…… 엄마 옆에서 조물거리며 반죽을 가지고 놀았던 일이 떠올랐다.

엄마가 장사에 쓸 재료들을 손질하고 있을 때면 그 옆에서 엄마가 쥐어준 반죽을 가지고 종종 시간을 보내곤 했다. 밀가루 반죽은 나에게 좋은 장난감이었다. 대부분 엄마가 준비하는 음식을 흉내 냈지만 가끔 케이크 같은 빵을 만드는 날도 있었다. 손때 묻은 반죽을 아빠에게 건네면, 아빠는 맛있게 먹는 시늉을 하면서 우리 딸이 최고라고 엄지손가락을 치켜세웠다.

나중에 엄마는 부엌에 작은 오븐을 들여놓았다. 한눈에 봐도 허접해 보였지만, 엄마는 그걸로 나와 경환이를 위해 가끔 간식을 만들었다.

반죽을 틀에 부어 달궈진 오븐 안에 넣으면, 저녁 하늘이 물들 듯 집 안에 서서히 고소한 냄새가 퍼지기 시작했다. 오븐 안에서 점점 부풀어 오르던 빵. 그 순간이 너무 신기해서 나와 경환이는 작은 오븐 앞에 머리를 맞대고 앉아 빵이 완성될 때까지 자리를 뜨지 않았다.

"경환아! 빵 올라온다."

내가 말하면 경환이는 "엄마! 빵 올라와요!" 하며 앵무새처럼 떠들었다. 위험하니까 물러서라는 엄마의 말에, 엉덩이 걸음으로 살짝 뒤로 갔다가 나도 모르는 새 다시 앞으로 나와 있었다. 반죽이 부푸는 모습을 가까이서 보려고 다가가다가 경환이랑 머리가 부딪치기도 했다.

"아야!"

그럴 땐 누가 먼저랄 것도 없이 우리는 머리를 문지르며 깔깔거리고 웃었다.

빵이 완성되고 오븐 밖으로 나오는 그 순간을 잊을 수가 없다. 작은 상자 안에서 마법이 일어난 것 같은 느낌. 오븐 속에 요정이 살고 있을지도 모른다고 생각했다.

엄마가 내 앞으로 반듯하게 자른 빵을 놓아주면 나는 크리스마스 선물을 받은 아이처럼 설렜다. 스펀지같이 폭신한 카스텔라, 초콜릿을 녹인 달콤한 브라우니…… 한입 베어 문 빵이 입안에서 부드럽게 녹아내리는 순간, 나는 세상에서 가장 행복한 아이가 되었다. 엄마가 만들어준 빵이 혀끝에 닿았던 그 느낌, 그 맛. 모든 게 어제 일처럼 지워지지 않았다.

엄마가 세상을 떠난 후에도 오븐은 그대로 놓여 있었다. 아빠는 혼자서 포장마차를 꾸려갔고, 나는 더 이상 오븐에서 일어나는 마법 같은 빵을 먹을 수 없었다. 그리고 더 이상 요정이나 마법 따위도 믿지 않게 되었다.

엄마의 오븐은 아빠가 돌아가시고 나와 경환이가 고모네에 들어가면서 다른 물건들과 함께 처분했다. 고모가 필요한 짐만 싸라고 했을 때, 나는 몇 번이나 오븐을 두고 망설였지만 끝내 말도 꺼내보지 못했다. 버리고 온 오븐이 엄마를 두고 오는 것 같아 자꾸만 뒤를 돌아보았다.

빵을 만들어봤느냐는 아저씨의 질문에 나는 고개를 저었다. 그건 엄마와의 추억일 뿐이다.

"그럼 빵은 좋아해요?"

아저씨가 질문을 바꿔 물었다. 세상에 빵을 싫어하는 사람도 있을까. 이번에는 고개를 끄덕였다.

"우리 집은 빵을 많이 만들지는 않아요. 참, 어린 학생이니까 내가 말을 편하게 해도 되겠죠?"

검게 그을린 얼굴이 거친 인상을 주는 반면, 아저씨의 말투는 깍듯했다. 나 같은 알바생들에게 깍듯하게 대하는 경우는 드물다 보니 대접받는 기분이 들었다.

나는 진열된 빵을 보았다. 한눈에도 평범해 보이는 몇 가지 빵들과 가장 많은 자리를 차지하고 있는 바게트. 그 옆으로 이름을 알 수 없는 크고 둥근 빵이 어울리지 않게 놓여 있었다. 들쑥날쑥한 빵들의 모양새가 꼭 우리 반 사람들을 보는 것 같았다.

"아, 내 전문이 프랑스식 빵이거든. 그중에서도 바게트."

내 눈길을 의식한 아저씨가 말했다.

"프랑스에서 빵을 배웠는데 그때 맛본 바게트를 잊을 수가 없었지."

옛날 일을 떠올리는지 아저씨의 눈동자가 잠시 허공에 머물렀다.

"오늘은 빵 가격을 먼저 외우면 돼요. 손님을 상대하고 빵을 포장해주는 게 미나 학생이 할 가장 중요한 일입니다. 아참, 말을 놓기로 했지."

나는 아저씨가 일러주는 대로 빵 가격을 메모했다. 외우고 말고 할 것도 없이 빵 종류는 몇 가지밖에 되지 않았다. 생크림과 슈크림이 들어간 크림빵이 두 종류였고, 단팥빵과 소보로빵, 그리고 아저씨가 자신 있게 내세우는 바게트가 세 종류. 크고 둥근 빵의 이름은 캉파뉴라고 했다. 냉장 진열장 안에는 케이크가 딱 하나 있었다.

"저 케이크는 얼마예요?"

"아, 저거는 안 팔아."

"왜요?"

"따로 줄 사람이 있으니까."

누가 예약이라도 했다는 걸까. 나는 더 이상 묻지 않았다. 그 대신 오랫동안 궁금했던 것을 물었다.

"저…… 아저씨가, 아니 사장님이 구자혁이세요?"

내 말에 아저씨는 손에 든 바게트를 흔들어 보이며 마치 바게트처럼, 딱딱하지만 푸근하게 웃어 보였다.

"그냥 아저씨라고 불러. 나도 그게 편하다."

구자혁 아저씨가 말했다.

어느 정도 가게 정리가 끝났을 무렵, 풍경 소리가 들리고 여자가 들어왔다. 깡마른 몸에 비니 모자를 눌러쓴 여자. 모자 밖으로 머리카락은 보이지 않았다. 차 안에서 아저씨의 옆자리에 앉아 나에게 빵을 건넸던 여자였다.

아저씨가 여자를 데리고 와서 카운터 옆의 의자에 앉혔다.

"이리 와서 인사해. 내 아내야."

나는 꾸벅 인사했다.

"가까이 보니 더 예쁘네."

사모님의 목소리는 미소만큼이나 여운이 남았다.

"참!"

아저씨가 진열장을 열고 케이크를 꺼냈다.

"오늘은 블루베리 케이크를 만들어봤어요."

아저씨는 사모님에게 케이크를 건네며 수줍은 소년 같은 미소를 지었다. 케이크를 본 사모님의 얼굴이 밝아졌다. 조금 전의 희미한 미소가 아닌 얼굴 전체에 퍼지는 환한 웃음이었다. 나는 뒤에 서서 이들 부부의 모습을 신기하게 바라보았다.

사모님은 눈을 감고 코로 케이크를 가져갔다. 숨을 크게 들이마시는 모습이 케이크의 냄새를 맡는 것 같았다. 아저씨는 그 모습을 흐뭇하게 보고 있었다. 정말이지…… 이상한 부부였다.

"저 사람이 몸이 좀 안 좋아. 위암이었거든."

사모님이 나간 뒤에 아저씨가 덤덤하게 말했다.

"다행히 지금은 괜찮아. 위를 절제해서 힘들기는 하지만, 항암치료도 잘 끝났고 내가 다시는 재발하지 않게 할 거니까."

아저씨가 덧붙였다. 갑자기 아르바이트생을 구했던 이유를 알 것 같았다. 한동안 가게 문의 셔터를 내렸던 것도 그래서였나.

아저씨는 나에게 가게를 부탁하고 사모님을 따라 나갔다. 건물의 일 층은 빵집이었고 이 층은 살림집이었다. 딸이 하나 있지만 멀리 떨어져 있었기 때문에 이 층에는 부부만 살았다. 아저씨는 이 층에 있다가 내가 퇴근하는 시간에 맞춰 내려오겠다고 했다.

나는 가게에 남아서 아저씨가 만들어놓은 빵의 개수를 세어보다가, 진열 위치를 바꾸다가, 나중에는 카운터에 앉아 사모님의 모습을 떠올려보았다. 항암 치료가 잘 되었다고는 했지만 사모님의 모습은 여느 사람들과 같지 않았다. 감추려 해도 감출 수 없는 아픈 이들만의 표정을 나는 알아볼 수 있었다.

그들에게는 혼자 힘으로 감당해야 하는 고통의 무게가 있다. 그 고통을 누구도 대신할 수 없다는 사실은 주변 사람들에게 또 다른 아픔을 안겨준다. 나에게도 그런 상처가 있고 그 상처 안에서 나는 자유롭지 못했다.

케이크를 사이에 두고 있던 부부의 잔상이 지워지지 않았다.

어느 맑은 날

퍽!

둔탁한 소리와 함께 뭔가가 등을 향해 떨어졌고 나는 반사적으로 몸을 일으켰다.

"아, 진짜! 아저씨 뭐예요?"

옆에서 똑같은 일을 당한 지수가 짜증을 냈다. 쉬는 시간 종이 울림과 동시에 나와 지수는 책상 위로 고꾸라졌다. 십 분 동안의 짧은 단잠을 방해한 이는 교수님이었다. 작고 마른 체구에 남색 제복을 입은 교수님. 한 손에 들고 있는 쿠션은 교수님의 상징이었다. 교수님은 순찰을 돌면서 쿠션을 휘둘렀다. 폭력이라고 하기에는 애매했지만 직권 남용인 것만은 분명했다. 수위라는 신분을 넘어선 권력 행사랄까. 그래서 붙은 별명이 '교수님'이었다. 교만한 수위.

“쉬는 시간 십 분이 엎드려 자라고 있는 시간이 아니다. 잠이 오면 일어나서 몸도 풀고 그래야 다음 시간에 공부를 하지.”

“교수님 말씀이 맞다. 동생들, 그만 일어나.”

왕언니 아줌마가 거들었다.

“에이, 씨.”

지수가 다시 책상에 엎드렸고 교수님의 쿠션이 바로 날아갔다. 지수가 발딱 고개를 들었다.

“저 어제 촬영하느라 한 시간밖에 못 잤어요.”

지수는 인터넷 쇼핑몰의 화보 촬영을 하고 왔다고 했다. 얼굴도 화장한 그대로다. 뽀얗게 파우더를 입은 지수의 얼굴이 화사해 보였다.

“내가 진짜 누구를 위해서 종을 울리는지 모르겠다.”

교수님이 쿠션을 휘두르며 교실을 나갔다.

“학원 수위가 무슨 벼슬인 줄 아나?”

지수가 다시 엎드렸다가 바로 일어났다.

“아, 진짜. 잠 다 깼잖아.”

자는 걸 포기하고 나와 지수는 교실을 나왔다. 복도에서는 한창 「다큐, 그곳」이 촬영 중이었다. 복도를 오가는 사람들을 따라가며 카메라가 움직였다. 쉬는 시간의 모습을 담는 것 같았다.

“저거 은근히 신경 쓰이네.”

지수가 카메라를 의식하고는 머리를 매만졌다. 카메라 앞을 지나칠 때는 평소보다 더 도도한 표정을 지어 보였지만, 마침 다른 사람과 인터뷰 중이어서 스태프들은 아무도 지수를 보지 못했다.

복도 끝에 있는 커피 자판기 앞에는 아줌마 학생들이 모여 있었다. 우리가 다가가자, 아줌마 학생들은 한 손에 커피를 들고 왁자하게 떠들며 교실로 들어갔다.

"교수님이 서울대 출신이라는 거 나는 진짜일 거 같아."

커피를 꺼내며 내가 말했다.

"뭔 상관이야."

지수가 심드렁하게 대꾸하며 하품을 했다. 칼로리도 높고 몸에도 좋지 않다며 지수는 절대 자판기 커피를 마시지 않았다. 대신 바로 옆 매점에서 생수 한 병을 사들고 왔다.

"뭔가 있어 보이기는 해. 학원 수위하고는 좀 안 어울리는 인상이잖아. 무슨 큰 죄를 짓고 도망 다니는 거 아닐까?"

지수는 관심이 없다더니 추리를 시작했다.

"학교 다닐 때 시위하다가 붙잡혔고, 그때 폭행당한 후유증으로 몸이 안 좋은 거래."

구부정하게 걷던 교수님의 뒷모습이 떠올랐다. 혹시 교수님도 어떤 사정이 있어 세상에 던져진 건 아닐까, 하는 생각이 들었다. 내가 아무런 준비도 없이 세상에 던져진 것처럼.

사실 교수님에 대한 소문은 한두 가지가 아니었다. 거기에는 수위를 하기에는 젊어 보이는 외모와 항상 책을 옆구리에 끼고 다니는 모습이 한몫했다. 제목도 생소한 두꺼운 책이었는데, 유명한 소설이라고 했다. 교수님은 항상 교수실, 그러니까 수위실에서 틈틈이 책을 읽었고 책을 읽다가 시간이 되면 종을 울렸다. 쉬는 시간에 순찰을 돌며 쿠션을 휘두르는 것도 빼먹지 않았다. 학생들이 일단 학원에 들어오면 수업이 다 끝날 때까지 건물 밖으로 나가지 못하게 단속하는 것도 교수님의 일이었다. 그건 누가 시켜서가 아닌, 교수님이 자발적으로 하는 일이라고 했다.

서울대에 입학한 교수님은 시위를 하다가 전경이 휘두른 몽둥이에 잘못 맞아 머리를 심하게 다쳤다고 했다. 정신이 약간 이상해져서 졸업을 코앞에 남겨두고 학교를 그만둘 수밖에 없었는데, 일류대생에서 하루아침에 폐인이 된 교수님은 이곳저곳을 전전하다가, 잠자리와 식사까지 제공되는 이곳의 수위를 하게 되었다는 게 대강의 소문이었다. 원장님의 먼 친척이라느니 하는 소문이 돌기도 했지만, 언젠가 원장님과 교수님이 복도에서 대판 싸우는 모습이 목격된 이후로 그런 소문은 쏙 들어갔다.

“끝나고 떡볶이 먹으러 가자. 화보 찍은 거 돈 받았어. 내가 쏜다.”

지수가 하얀 이를 드러내며 웃었다.

“나 근로 장학생.”

나는 엄청 불쌍한 표정을 지어 보였다.

“넌 근로는 맞지만 장학생은 아니야. 하지만 오늘은 내가 도와준다, 친구야!”

아줌마들처럼 나도 모르게 깔깔대고 웃었다. 오랜만에 터진 웃음. 웃고 나자 가느다란 바람이 일어난 듯 마음이 시렸다. 나에게는 웃음이 익숙하지 않았다. 남의 옷을 빌려 입은 것처럼 불편했다. 평범한 일상이 행복이라는 진리를 깨달았지만, 그런 평범함을 가질 수 없다고 불행하다고 할 수 있을까. 언젠가는 나도 평범한 행복을 누릴 수 있을까. 그런데 평범하다는 것은 뭘까. 내 눈에는 평범해 보이는 사람들의 일상이 그들에게는 벗어나고 싶은 현실일 수도 있었다. 평범한 보통 삶이라는 것은 처음부터 없는지도 모른다.

수업이 끝나자마자 나와 지수는 교실을 정리했다. 내가 앞쪽부터 책상 줄을 맞추면 지수는 뒤쪽부터 줄을 맞췄다. 내가 난방기를 확인하고 휴지통을 비우는 동안 지수는 칠판을 지웠다.

"뭐든 할수록 는다더니 청소하는 속도가 가히 빛의 속도야."

청소하는 모습을 지켜보던 지수의 말에 나는 대단한 칭찬이라도 들은 양 어깨를 펼쳐 보였다.

평소보다 일찍 정리를 마치고 나서 우리는 교실 맨 뒷자리에 있는 책상 위에 나란히 앉았다. 어둠과 정적이 어우러진 교실의 공기가 무겁게 내려앉았다.

"난 이번에 검정고시 합격하면 바로 수능 볼 거야. 학교도 이미 정해놨어."

지수의 낮은 목소리가 정적을 깼다.

"연기과?"

"거기 말고는 생각해본 적도 없어."

지수는 연기자로 데뷔하는 데 집중하기 위해서 학교를 그만뒀다고 했다. 약간은 특이한 이력이 더 돋보일 수 있다고 매니저도 찬성을 했다는데, 매니저는 바로 지수의 엄마였다. 학교에 비하면 스케줄 조절이 훨씬 수월해서 요즘에는 인터넷의 의류 쇼핑몰부터 드라마 단역까지 닥치는 대로 얼굴을 들이밀고 있었다.

"너도 대학 생각해봐. 장학금 같은 거 타면 되지 않을까?"

나는 피식 웃고 말았다. 대학 등록금이 얼마인지 듣고 나서 나는 내 귀를 의심했다. 우리 집 보증금의 몇 배나 되는 돈이었다. 장학금이라는 걸 받게 된다 해도 생활비가 어디서 뚝 떨어지는 것도 아닌데, 알바까지 하면서 좋은 성적을 유지한다는 게 판타지 같은 얘기로 들렸다.

"난 원래 학교 체질이 아니거든."

아무렇지 않게 대꾸하고 넘겼지만 지수가 부러웠다. 내 눈에 지수는 세상 모든 걸 다 가진 아이로 보였다. 하고 싶은 일도 있고 목표도 뚜렷하다. 든든한 백그라운드도 있다. 미래가 없는 나와는 질적으로 다른 인생이었다. 나에게는 검정고시 시험을 통과하는 게 유일한 목표였다. 그다음은 없었다. 있어도 안 될 것 같았다. 어차피 내 것이 아닐 테니까.

"미나야, 너는 학교 생각 안 나?"

무거운 공기 때문일까. 지수는 계속 우울한 얘기만 꺼내놓았다.

"가끔 생각나지. 끔찍했던 생각."

말하고 나서 나는 쿡쿡 웃었다. 잠시 침묵이 흘렀다.

"나도 그래. 학교만 생각하면 자다가도 경기를 일으킨다니까.

우리 담임이 나보고 얼굴만 믿고 분위기 흐리는 애래."

지수는 그때 일이 생각이라도 난 듯 약간 흥분해 있었다.

"머리 나쁘면 대본도 못 외운다고 공부 좀 하라는데, 학교 가봤자 이미 진도는 저만큼 나갔고 무슨 말인지 알아듣지도 못하겠는데 뭐. 애들한테도 나는 관심 밖이고. 그래도 나, 대본은 잘 외우거든!"

"나중에 유명해져서 사인해달라고 하면 해주지 마."

"그러려고. 축제할 때 부른다고 가나 봐라."

농담으로 한 얘기에 지수는 진지하게 대꾸했다.

"내년에는 한 방 터뜨릴 거야. 엄마가 다녀온 철학원에서 그랬대. 미니시리즈 조연 정도는 할 수 있을 거라고. 근데 그게 대박이라니까. 명품 조연이라고 들어 봤지?"

"오호! 명품 조연! 근데 그게 오랫동안 갈고 닦은 실력이 쌓여서 나오는 거지. 신인한테는 어렵지 않을까?"

가볍게 던진 내 말에 지수는 기분이 상한 모양이었다. 저도 모르게 실수를 하고 말았다.

"야, 미나리!"

얼결에 지수가 나를 불렀다. 미. 나. 리. 라고. 그러고는 기침을 하면서 어색하게 캑캑거렸다. 말을 뱉어놓고 실수를 깨달은 것이다. 미나리. 꿈에서도 떠올리고 싶지 않은 가장 싫은 말.

"최지수, 너 또 그렇게 부르면 그때는 진짜 죽는다."

"그러니까 왜 그런 말은 해가지고. 암튼 미안."

지수가 내 어깨를 감싸 안으며 애교를 부렸다.

내 별명이 미나리이기 때문에 싫은 것인지, 미나리가 싫은데 내 별명이 된 것인지는 확실하지 않다. 분명한 것은 나는 미나리를 싫어한다는 것이다. 그것도 아주 끔찍이. 미나리랑 비슷한 시금치조차 입에 대지 않을 만큼.

"미나리!"

귓가에 익숙한 목소리들이 울린다. 나는 어느덧 교복을 입고 교실에 앉아 있다. 목소리가 들린 쪽을 일부러 돌아보지 않은 채 눈에 들어오지도 않는 글자들을 보며 책에 머리를 박고 있었다.

"얘 봐라? 못 들은 척하네?"

"야, 야. 미나리 공부한다잖아."

아이들의 그림자가 책 위에 드리워졌다. 자기들끼리 얘기하고 자기들끼리 웃어댔다. 한 아이가 허리를 숙이고 얼굴을 내 앞으로 바짝 들이밀었다.

"가난한 거, 공부로 해결되는 거 아니거든? 그냥 언니들 심부름이나 열심히 다녀. 그럼 부스러기라도 떨어지지 않겠어?"

얼굴을 들이민 아이의 목소리가 귀를 간질였다. 나도 모르게 입술을 깨물었다. 순간, 아이가 허리를 세우더니 내 머리카락을 휘어잡았다. 내 머리가 순식간에 뒤로 젖혀졌다.

"이게 귀가 먹었나? 언니가 얘기를 하면 대꾸를 해야 할 거 아니야, 대꾸를!"

아이는 내 머리카락을 움켜쥔 손을 앞뒤로 흔들었다. 아이의 손이 움직이는 대로 고개가 따라갔다.

"전화도 씹고 어젯밤에 게임 접속하라고 한 문자 못 봤어?"

아이와 눈이 마주쳤다. 나를 내려다보던 아이가 가소로운 표정을 지었다.

"어딜 꼬나봐?"

아이가 신경질적으로 내 머리채를 흔들다가 탁 놓았다. 내 몸은 반대편으로 기울어졌다. 나를 둘러싼 다섯 명의 아이들을 제외하고 나머지 아이들은 각자의 일에 열중했다. 화장실에 다녀오는 아이, 엎드려 자는 아이, 공부를 하는 아이, 재미있게 혹은 불안하게 나를 흘끔거리는 아이. 그리고 여전히 책에 머리를 묻고 있는 양양수.

양수의 일만 모른 척했더라도 이렇게 되지는 않았을 것이다. 아니다. 그건 양수 때문이 아니다. 나는 수도 없이 생각했다. 그 순간에도 양수는 뒤를 돌아보지 않았다. 두꺼운 안경과 단정한 교복. 양수는 전형적인 '범생'이었다. 티를 내면서 공부하는 것에 비해 성적이 별로 좋지 않았던 게 문제였을까. 아침마다 타고 오는 양수의 고급 승용차가 아이들 눈에 거슬렸던 걸까. 정확한 이유는 알 수 없지만 양수는 아이들에게 타깃이 되었고, 너나 할 것 없이 양수를 놀리는 재미에 가속도가 붙었다. 아이들은 수시로 "양양!"을 부르며 양수의 주위에 모여 말도 안 되는 시비를 걸었고, 나는 참는 데 한계를 느꼈다. 솔직히 양수를 도와주고 싶었던 건 아니었다. 그냥, 그런 모습이 싫었을 뿐이다.

"그만 좀 해."

내가 짜증스럽게 던진 이 한마디에 모든 상황이 바뀌었다. 아이들의 시선이 나에게 날아왔다.

하필 그날 저소득층 학생들에게 나누어주는 쌀을 내가 받지 않았다면, 담임이 아이들 앞에서 대놓고 나를 지목하지 않았다면, 상황은 달라졌을까. 양수를 향해 달려가던 아이들의 관심이 나에게로 방향을 바꾸었다. 내가 소녀 가장이라는 것도 그즈음 소문이 났다. 졸지에 나는 쥐뿔도 없으면서 잘난 척하는 아이가 되었다.

머리채를 잡고 흔들던 아이가 고개를 숙여 내 얼굴에 바짝 다가왔다.

"이번 달 보조금 나왔지? 근데 왜 가만 있어? 언니들 배고파 죽겠는 거 몰라?"

고개를 돌려 아이의 얼굴을 똑바로 보았다. 아이의 얼굴에 비열한 웃음이 어렸다.

"너희들한테 갖다 바칠 돈 없어."

나는 아이에게 또박또박 말했다. 나를 둘러싼 아이들의 표정에서 웃음기가 사라졌다.

퍽!

조금 전까지 내가 보고 있던 책이 머리로 날아왔다.

"이게 어디서 언니들 성질을 돋우고 그래?"

아이가 다시 책을 집어 들었다. 책의 모서리를 세워 내 머리에 내리찍었다. 한 번, 두 번, 세 번. 강도는 점점 세졌지만 이상하게 아프지는 않았다.

선생님들에게 나는 투명인간이었고 아이들에게 나는 그림자였다. 부모도 없는 고아. 친척 집에서도 쫓겨나와 기초 수급비로 생활하는 가난한 아이. 누구도 지켜줄 사람이 없어서 만만하고 함부로 해도 되는 아이. 나는 세상에 던져진 나약한 존재였고 그 사실 때문에 더 작아져 있었다.

'미나네'가 생각났다.

"끝까지 품어주지 못해서 미안하다."

엄마 아빠의 목소리가 들렸다. 어딘가에서 나를 내려다보고 있을 것만 같았다. 엄마의 슬픈 표정과 아빠의 안타까운 말투가 내 앞에 그려졌다.

나는 자리에서 일어서며 아이의 손을 쳐냈다. 아이가 들고 있던 책이 바닥에 떨어졌다. 그와 동시에 나는 팔을 뻗어 왼손으로 아이의 머리채를 휘어잡았다. 아이에게서 짧은 신음소리가 터져 나왔다. 나는 망설이지 않고 오른손을 휘둘렀다. 있는 힘껏.

짝!

아이의 고개가 돌아가지 않게 머리카락을 잡은 왼손에 힘을 꽉 주었다. 움직이지 않아야 정확하게 때릴 수 있다. 아이가 느끼는 충격도 더 클 것이다. 그리고 오른손으로는 다시 뺨을 갈겼다.

짝! 짝! 짝!

나는 연달아 아이의 얼굴을 가격했다. 순식간에 일어난 일이라 얼떨떨하게 보고 있던 아이들이 갑자기 나에게 달려들었다. 구경

하던 아이들에게 밀려 바닥에 넘어지면서도, 나는 왼손으로 잡고 있던 아이의 머리카락을 놓지 않았다. 오히려 더 힘을 주어 잡았다. 아이가 비명을 지르며 나와 함께 바닥으로 넘어졌다. 다른 아이들이 내 왼손을 떼어내려고 했지만, 나는 손을 놓지 않았다. 그 손을 놓는 순간 모든 게 끝날 거라고 생각했다.

"가정교육이 안 된 애들은 이래서 안 돼."

아이의 아빠는 분을 삭이지 못했다. 교감과 담임, 아이의 부모 앞에서 나는 죄인처럼 서 있었다.

"고정하세요. 누구 하나만 잘못한 게 아니지 않습니까."

"선생님, 무슨 말씀을 그렇게 하세요? 쟤가 먼저 우리 애를 때렸다잖아요. 다른 아이들이 말하는 거 못 들으셨어요?"

아이의 엄마는 당당했다. 나를 괴롭히던 아이들은 학교에서 종종 문제를 일으키는 아이들이었지만, 아이의 부모는 그런 사실은 전혀 모르는 것 같았다. 아니면 모르는 척하는 걸지도.

"같이 싸웠으니까 다들 벌점을 받아야 해요."

교감의 말에 아이의 아빠가 정색했다.

"맞은 건 우리 앤데, 왜 벌점을 받습니까? 당장 저 애, 전학시키세요. 안 그러면 저도 조치를 취할 생각입니다. 학교에서 폭력이 일어나는데 구경이나 하고, 지금 뭐하자는 겁니까?"

교감이 갑자기 태도를 바꾸어 아이의 부모를 진정시켰다. 나는 가만히 서서 그 모습을 지켜봤다. 억울하다는 생각조차 들지 않았다. 오히려 웃음이 새어 나왔다. 아이 엄마가 내 표정을 어이없이 보고 있었다. 나도 그 얼굴을 똑바로 보았다. 편협한 어른들의 세계, 어른들의 생각에 고개를 숙이고 싶지 않았다.

"저거 보세요. 애가 아주 싸가지가 없어."

급기야 아이 엄마가 나를 향해 손을 올리려는 것을 담임이 겨우 말렸다.

벌점은 따로 받지 않았다. 그 대신 다른 아이들이 반성문을 써낼 때, 나는 자퇴서를 썼다. 처음에 담임은 당황하는 것 같았지만 곧 침착한 표정을 지었다. 어쩌면 내가 자퇴서 내기를 내심 바라고 있었는지도 모른다는 생각마저 들었다. 걱정스러운 표정을 짓는 담임의 눈이 진지해 보이지 않았다.

"충분히 생각하고 결정한 거야?"

내가 고개를 끄덕이자, 담임이 작게 한숨을 내쉬었다. 담임과 마주 앉아 얘기를 하는 것은 학기 초에 짧은 상담을 한 이후로 처음이었다. 담임은 자퇴서를 한동안 내려다보았다.

"보호자 동의를 받아야 하는데…… 고모하고는 연락이 되니?"

내가 써낸 자퇴서는 담임이 처리해야 하는 하나의 '업무'일 뿐이었다. 내가 당장 문제를 일으키지 않더라도 나의 존재는 문제를 일으킬 소지가 충분했다. 다른 아이들을 자극할 문제의 발원지가 되는 아이. 담임은 다시 생각해보라는 형식적인 말도 건네지 않았다. 담임이라는 존재가 기댈 언덕이 아니라는 것쯤은 학기 초에 이미 깨달았다. 아이들 앞에서 한 치의 망설임도 없이 나를 저소득

층 학생이라고 공개한 사람. 그날 오 킬로그램짜리 쌀을 안고 교문을 나서는 내 마음에 오 톤쯤 되는 돌덩이가 올라앉았다는 것을 짐작이나 할까.

"안녕히 계세요."

"그래. 공부는 계속해라."

담임이 일어서서 내 어깨를 두드렸다.

학교는 끝까지 버티려고 했다. 고등학교만 졸업하면 취직해서 돈을 벌 셈이었다. 하지만 그러기에는 남은 시간 동안 내가 버리고 잃어야 할 것들이 너무 많았다. 무엇으로도 보상받을 수 없는 시간. 이를 악물고 버티는 것 말고 무슨 의미가 있을까. 내가 학교를 떠나려고 마음먹은 진짜 이유는 아이들의 괴롭힘 때문만은 아니었다. 웅크리고 있어야 하는 그 테두리와 거기 갇힌 채 점점 작아져가는 내 모습이 싫었다.

복도를 지나쳐 현관을 나섰다. 마지막이라고 생각하니 기분이 이상했다. 반 아이들과 따로 인사는 하지 않았다. 아니, 사실은 누구도 나와 인사를 나누고 싶어 하지 않았다. 양수만 문자를 보내왔다.

6시에 공원 벤치에서 보자. 미안하다.

아이들 앞에서는 모른 척하더니 내가 마음에 걸렸던 모양이다.

너 때문 아니니까 신경 꺼. 이따가는 못 나갈 거야. 잘 살아라.

바로 답장을 보냈다. 남아 있는 아이들은 이곳에서 겪어야 할 일이 있다. 나는 아이들을 원망하지 않기로 했다.

운동장을 걸어 나왔다. 운동장 가장자리 나무 그늘 아래에서 아이들의 웃음소리가 들렸다. 체육복을 입은 아이들은 모두가 똑같이 행복해 보였다. 나는 잠시 그들을 바라보았다. 나는 왜 저기 없는 것인지, 왜 혼자 떨어져 나왔는지. 아이들의 웃음 속에 내 슬픔이 묻혔다.

초여름으로 들어서는 계절의 햇살은 따사로웠다. 운동장 가득 햇빛이 들어찼다. 고개를 들어 하늘을 보았다. 파랗고 맑은 하늘에는 작은 구름조차 보이지 않았다. 맑은 하늘, 그 어딘가에서 엄마 아빠가 나를 지켜보고 있을 것만 같았다.

자기만의 노래

이차 발효를 마친 반죽 앞에서 아저씨는 칼을 세웠다. 아저씨의 모습은 마치 메스를 든 의사처럼 비장해 보였다. 그러고는 둥근 모양 위에 단번에 쿠프를 넣었다. 아저씨의 손놀림에 방해라도 될까 봐 나는 숨을 죽이고 있었다. 십자 모양으로 쿠프를 넣은 빵은 바로 예열된 오븐 안으로 들어갔다. 마침내 자격을 얻어 아저씨의 오븐에 들어가게 된 반죽. 그 험난하고 정성스러운 과정을 거친 빵. 왜 이렇게 어려운 방법을 고집하는지 나는 아직도 알 수 없었다.

"왜? 하고 싶은 말이 뭔데?"

아저씨가 작업대를 정리하며 물었다. 언제 내 표정을 읽은 걸까.

"저는 이렇게 오랜 시간을 들여 만드는 빵이 있는지 몰랐어요. 이런 빵은 누구나 만들 수 있는 게 아니잖아요. 그러니까, 사람들이 그걸 안다면 좋을 텐데……"

나는 횡설수설하며 아저씨 등 뒤에서 겨우 몇 마디를 던졌고 아저씨는 대답을 하지도, 그렇다고 나를 돌아보지도 않았다.

"전에는 빵 종류도 많았다고 들었어요. 지금은 종류도 너무 적고, 그래서 손님이 없는 거 아닐까요? 손님도 많이 오고 소문이 나야 하는데 이 동네에서는 아저씨 빵을 모르는 사람들이 많아요. 저도 몰랐다니까요."

나도 모르게 쏟아놓고 아차 싶었다. 등을 돌리고 있는 아저씨의 표정을 살필 수는 없었지만, 말실수를 한 것 같아 얼른 입을 다물었다. 내가 한 얘기를 아저씨가 모르고 있을 것 같지는 않았다. 누구보다 구자혁 빵집을 살리고 싶은 사람은 아저씨일 테니까.

빵집에 와서 내가 하는 일은 청소나 빵 정리, 간혹 들어오는 손님들을 대하는 일이었다. 얼마 전부터는 발효실에 내려가서 발효액종의 상태를 체크하고 오기도 했다. 그래도 빵집에서의 시간은 더디게 흘렀다. 아저씨는 남는 시간에 공부를 해도 좋다고 했지만 그렇다고 내가 공부를 할 리는 없었다. 책을 펼쳐놓고 인터넷을 하다가 유명하다는 빵집들의 기사를 검색하는 것으로 시간을 보냈다. 구자혁 빵집과 비슷한 곳이 나오면 눈을 반짝이며 기사를 스크랩했다.

동네 변두리에 있는 작은 빵집. 이곳에서 얼마나 어렵게 만든 빵이 나오는지 사람들은 알지 못했다. 설령 그걸 안다고 해도 이제는 똑같은 맛에 길들여진 사람들이 찾아줄 것인지도 확신이 없었다.

"구자혁 빵집은 처음부터 평범한 빵을 만드는 곳이 아니었어. 저쪽에 있는 크림빵, 소보로빵, 단팥빵도 흔히 볼 수 있는 빵이지만 알고 보면 그렇지가 않았지."

한참 뒤에야 아저씨가 입을 열었다. 작업대를 정리하던 아저씨의 손이 멈추었다.

"내가 본격적으로 빵을 배우기 전에는 아버지가 이 빵집을 운영하셨지. 겉으로 보기에는 평범했지만 아버지의 빵은 달랐어. 여느 빵집보다 좋은 재료를 썼고 숙성 과정에 정성을 들였거든. 빵 종류가 많지는 않았지만 손님은 많았지. 가격도 싸고 맛있었고, 인심이 후한 아버지는 덤으로 주는 빵도 아까워하지 않았으니까."

나도 모르게 작업대 앞에 앉아 아저씨 얘기를 듣기 시작했다. 구자혁 빵집은 대를 잇는 빵집이었던 걸까. 옛이야기처럼 뒤에 이어질 내용이 궁금했다.

"하지만 난 달랐어. 아버지랑 다른 빵을 만들고 싶었거든. 빵을 제대로 배워보고 싶었고 아버지도 좋아하셨어. 내가 프랑스에 가는 걸 허락하신 걸 보면."

아저씨는 새로운 빵을 만들어보고 싶은 꿈이 생겼다고 했다. 그때 아저씨는 이미 사모님과 결혼을 해서 딸도 하나 있었지만 혼자 프랑스로 떠났다. 유학을 하는 동안 아저씨는 맛있는 빵을 만들기 위해서 프랑스의 여러 빵집을 돌아다닌 이야기도 들려주었다. 하지만 아저씨의 프랑스 생활은 그리 길지 않았다. 프랑스에 간 지 일 년이 채 되지 않아 아버지가 위독하다는 연락을 받고 다시 돌아올 수밖에 없었다.

"이곳에서 내가 책임지고 해야 할 일들이 많았어."

아저씨는 다하지 못한 공부가 못내 아쉬운 것 같았다.

한국에 돌아온 다음부터 빵집은 아저씨 혼자 꾸려가게 되었고 구자혁 빵집의 간판은 아버지의 마지막 선물이라고 했다.

비록 유학 생활은 중단되었지만, 아저씨는 꿈을 포기하지 않았다. 아저씨만의 방법으로 새로운 빵을 만들었고, 빵은 이내 입소문을 타기 시작했다.

"그때는 밤을 새워도 힘든 줄 모르고 일했지. 돈을 많이 벌어서가 아니라, 새로운 빵을 만든다는 것 자체가 신이 났어. 내가 만든 빵을 먹고 잠시라도 행복해할 사람들을 생각하면 내가 더 행복했거든."

거기까지 얘기하고 나서 아저씨는 더 이상 입을 열지 않았다.

"시간이 좀 필요한 것 같아. 다시 일어설 수 있는 시간."

언젠가 사모님이 말했다. 프랜차이즈 베이커리가 들어서고 사모님의 건강마저 나빠져 아저씨는 전처럼 빵을 굽지 못했다. 새로운 빵을 개발하기는커녕 아저씨가 내세우는 바게트조차 만들지 않는 날도 있었다. 겨우 몇 가지 빵을 구워놓고 가게 문을 열었지만 손님은 그만큼 줄어들었다.

"나중에는 천연 발효종도 만들지 않고 가공 이스트를 넣었지. 빵에 대한 의욕도 없었고. 그러더니 결국은 빵집을 그만두겠다고 하는 거야. 나 때문인 것 같아 매일 저 사람을 설득했지. 항암 치료도 잘 끝나 건강해질 거라고 해도 소용없었어. 그러던 중에 미나 학생의 이력서가 들어온 거고. 며칠을 한마디도 않더니 무슨 마음이 들었는지 갑자기 빵집을 열겠다고 하더라고. 다행이다 싶었어. 나 때문에 일을 그만두는 걸 정말 원하지 않았거든."

빵집 문이 닫혀 있던 짧지 않은 시간 동안, 아저씨는 인생에서 중요한 결정을 내려야 하는 힘든 시기를 보냈던 건 아닐까. 아저씨가 다시 빵집을 열어야겠다고 결정한 이유. 그것 때문에 아저씨는 지금도 빵을 굽고 있을 거라는 생각이 들었다.

아저씨가 이 층으로 올라간 다음에 손님이 들어왔다. 손님은 쉽게 빵을 고르지 못했다. 곁눈으로 나를 살피는 느낌까지 들었다. 처음 보는 빵집에 들어와서 후회하는 기색이 역력한 그런 표정.

"저희 집은 바게트가 대표 빵이에요. 옆에 있는 캉파뉴는 오전에 구운 거라 지금 드시기에 딱 좋아요."

내가 설명했지만 손님은 "둘 다 별로인데"라며 시큰둥하게 반응했다. 그러더니 결국에는 크림빵을 몇 개 골랐다. 나는 바게트 하나를 포장해서 손님이 산 빵과 함께 넣었다.

"서비스로 드릴게요. 다음에 또 드시러 오세요. 이건…… 노래하는 바게트거든요."

내 친절에도 불구하고 손님은 무척이나 황당한 얼굴을 하더니 서둘러 가게를 나갔다.

저녁이 될 때까지 빵은 줄어들지 않았다. 남은 빵은 혼자 사는 할아버지 몫으로 포장을 해두었다. 쓰레기통을 뒤적이던 할아버지를 알게 된 다음부터, 아저씨는 그날 구운 빵을 매일 할아버지 몫으로 챙겨놓는다고 했다. 오래전부터 아저씨 빵을 먹어왔다는 할아버지는 아저씨 빵이 세상에서 가장 맛있는 빵인데, 사람들이 그걸 모른다고 안타까워했다.

"그것만 알아주면 될 텐데. 그것만 알아주면……"

할아버지가 돌아서며 중얼거렸다.

사모님의 컨디션이 좋지 않다며 아저씨는 다시 가게로 내려오지 못했다. 학원 갈 시간이 되었을 무렵, 나는 혼자 빵집을 정리하고 가게 문을 닫았다.

빵집을 나서자 문 앞에서 양수가 기다리고 있었다. 며칠 만이었다. 주유소에 있을 때는 거의 매일 나타나더니 요즘 들어 뜸해졌다. 나도 모르게 그동안 왜 안 왔냐고 물을 뻔했다.

"학원에서 반배치 시험이 있었어. 엄마가 상급 클래스로 들어가야 된다고……"

양수가 말끝을 흐리며 변명했다. 오랜만에 만나서일까, 아니면 복잡한 마음 때문일까. 양수가 조금 달라 보였다. 같이 저녁 정도는 먹을 수 있을 것 같았다.

"라면 먹을래?"

"어, 어?"

양수가 놀라며 안경을 치켜 올렸다.

"바쁘면 말고."

"어, 아냐. 안 바빠. 시험 다 끝났는데……"

"대신 니가 사."

"다, 당연하지."

양수는 말까지 더듬었다.

말을 끝맺지 않는 건 양수의 버릇이었다. 다른 아이들의 타깃이 되기에 필요한 조건을 두루 갖춘 아이. 거기에는 양수의 이름도 한몫했다.

"이름은 양수예요."

양수의 아버지가 양수의 할아버지에게 전한 말이었다. 성이 '양'가였던 양수의 아버지는 아들이 태어나기도 전에 이름을 '수'라고 지어놓고 나름 흐뭇하게 미소를 지었다고 한다. 하지만 출생신고를 하러 간 양수의 할아버지는 아들의 뜻을 이해하지 못했다. 성 옆에 '양'이라고 쓰고, 이름 옆에는 양수의 아버지가 일러준 대로 '양수'라고 적은 것이다. 그래서 양수의 이름은 '양양수'가 되었다. 나중에 이 사실을 알고 양수 아버지는 펄쩍 뛰었지만, 곧 자신의 실수를 인정할 수밖에 없었다는 게 양수의 말이었다.

"아빠의 말에 오류가 있었던 건 사실이고……"

양수는 자기 이름의 탄생 비화를 털어놓으면서도 말끝을 흐렸다. 양수의 아버지는 아들의 이름이 '수'라고 불리기를 원했겠지만 학교에서 양수는 '양양'으로 통했다. 양수는 대학에 합격하면 꼭 개명을 하고 당당해질 거라는 야심 찬 계획을 밝히면서 얼굴까지 붉혔었다.

우리는 근처 골목에 있는 꽃사슴으로 갔다. 테이블이 네 개밖에 안 되는 작은 분식집이었지만, 가격도 싸고 음식이 빨리 나와서 내가 가끔 이용하는 곳이었다. 양수는 라면에 김밥도 두 줄 시켰다.

나는 그릇째 들고 라면 국물을 마셨다. 뜨끈한 국물이 들어가자 몸이 사르르 녹아들었다.

"더 먹을래? 뭐 더 시킬까?"

"아니."

"어 그래."

양수가 대답하면서 김밥 하나를 집어 입에 넣었다.

"상급 클래스에 들어갔어?"

"어? 아니. 애초에 실력이 안 되는데…… 엄마가 하도 뭐라고 하니까 어떻게든 해보려고 시늉이나 한 거지."

양수가 우물거리며 대답했다. 나는 더 묻지 않았고 양수도 다른 말은 하지 않았다. 양수가 다니는 학원은 학교 근처에서 꽤나 알아주는 곳이었다. 원어민 선생님에, 등급별로 학생들을 나누어 수업을 한다고 했다.

가게 밖으로 나오자 찬바람이 끼쳐왔다. 몸이 따뜻해서인지 춥다는 생각은 들지 않았다.

"따뜻한 거 마실래? 그것도 내가 낼게."

"아니. 학원 가야지."

"아, 맞다."

"원한다면 학원까지 같이 걷는 건 허락할게."

"어? 어."

그사이 되묻는 버릇까지 생긴 걸까. 여러 가지로 빈틈이 많은 아이다. 양수는 내가 학원으로 가는 길을 선뜻 따라왔다.

"검정고시 학원은 어때? 학교랑 똑같다면서."

"수업하고 쉬는 시간에 쉬고. 반도 있고 담임도 있고. 그런 면에서는 똑같지."

"그렇구나. 그럼 급식도 먹나? 아, 저녁에 가니까 그건 아니겠구나."

양수는 혼자 말하고는 어색하게 웃었다.

"낮에 공부하는 사람들은 도시락을 싸오거나 사먹기도 해."

"종례 같은 것도 해?"

"그럼. 담임이 들어와서 출석도 부르고 안 오면 엄청 까. 학교보다 더해."

우리는 잠시 말없이 걸었다.

"학교랑 내가 있는 학원이랑 제일 다른 점이 뭔지 알아?"

내 물음에 양수가 나를 빤히 보았다.

"한 반에 온 가족이 다 모여 있다는 거."

"가족 같은 분위기?"

"글쎄, 그건 잘 모르겠고 할머니부터 엄마, 아빠, 언니에 동생까지 다 다른 나이의 사람들이 있어."

"상상이 안 간다."

"내가 생각해도 그래. 진짜 웃기는 조합이지. 어디에도 그런 집단은 찾아보기 힘들걸. 환상의 콤비네이션이야."

내가 소리 내어 웃었고 양수가 애매한 표정으로 나를 따라 웃었다. 내 웃음이 허공으로 흩어졌다. 따뜻한 몸이 식어가면서 바람이 차게 느껴졌다.

빵 셔틀 왕언니 아줌마, 툴툴거리는 것도 귀여운 아인이, 눈치 제로인 장씨 아저씨, 듬직한 반장 오빠, 사사건건 참견인 애순 아줌마, 예쁜 내 친구 지수, 멋쟁이 태진 선생님, 두 얼굴의 영어 선생님, 순박한 시골 청년 같은 담임, 교만한 수위 아저씨까지…… 모두의 얼굴이 스쳐 지나갔다.

"우리 바깥양반이 제일 좋아해요. 공부하면서부터 바가지를 안 긁는다나."

말하고 나서 왕언니 아줌마는 깔깔거리며 웃었다. 인터뷰를 하던 피디 아저씨도 따라 웃었다.

"빨리 대학생이 되고 싶어요."

아직 중학생인 아인이가 당차게 말했고 피디 아저씨가 왜 그런지 이유를 물었다.

"지금 하는 공부가 너무 시시해서요. 의무교육만 끝나면 바로 검정고시랑 수능 볼 거예요."

아인이의 말에 스태프들은 아인이의 집과 학교까지 따라가서 촬영을 했다. 아인이는 오전에는 학교에 가서 공부를 하고 저녁에 학원에 나왔다. 천재까지는 아니어도 또래보다 아이큐가 높았고 학교 성적도 좋았다. 그 말을 전해 들은 왕언니 아줌마는 자기 손녀인 양 아인이를 대견하게 생각했다.

"자식한테 떳떳한 아버지가 되고 싶습니다."

장가도 안 간 장씨 아저씨가 어깨를 펴고 당당하게 말했다. 운영하는 마트까지 형에게 맡기고 공부를 하러 올 정도로 열성을 보이는 이유라기에는 부족한 느낌이 들었지만, 장씨 아저씨는 매우 진지해 보였다.

나와 지수보다 세 살 위면서 이미 다섯 살이 된 딸이 있는 반장 오빠는 가장으로서의 고충과 육아 문제까지 털어놓았다. 요즘은 공부하러 올 때 딸이 아빠 다리에 매달려 떨어지지 않는다고 시작한 얘기가, 출산 장려 이전에 미성년 부모에 대한 지원과 학업 문제에 신경 써줄 것을 강조하다가 나중에는 입양아 문제까지 꼬리를 물고 이어졌다. 반장 오빠는 토론 프로그램에 출연한 사람처럼 열변을 토했다. 발언권을 빼앗고 싶은 표정으로 지루하게 얘기를 듣고 있던 피디 아저씨는 지수와의 인터뷰가 시작되자 정신이 드는 얼굴이었다.

"저는 일부러 학교 그만둔 거예요. 왜 모두 같은 길을 가야 하죠? 학교가 최선인가요? 공부라는 건 필요하고 하고 싶을 때 하는 거잖아요. 여기 있는 사람들 모두 그런 이유로 이곳에 온 거예요."

대본도 못 외울 거라고 학교에서 무시를 받았다는 지수는 자신 있게 자기 생각을 얘기했다. 지수가 연예인이라는 말에 스태프들은 뒤늦게 관심을 보이기 시작했고, 지수는 별거 아니라고 말하면서도 은근히 표정 관리에 들어갔다.

나에게도 카메라가 넘어왔다.

"저는 뭐 그냥……"

쉽게 말이 나오지 않았다. 뭐라고 해야 하나. 경환이 자식 때문에 홧김에 등록을 하고 애순 아줌마 덕분에 얼떨결에 근로 장학생까지 됐지만, 그대로 말하고 싶지는 않았다. 정말 그 이유 때문일까. 한 번도 진지하게 고민해본 적 없는 질문이었다.

"소녀 가장이라고 들었는데, 일하면서 공부하는 거 힘들지 않아요?"

피디 아저씨가 물었다. 이번에도 나는 대충 얼버무렸다. 내가 심드렁하게 대꾸하자 카메라는 다른 사람에게 돌아갔다.

"꼭 하고 싶었던 일이었어요. 대학생이 돼서 캠퍼스를 거닐어보는 거랑 헤어 디자이너가 되는 거요."

애순 아줌마가 평소와 다르게 또박또박 말했다. 대학생이라니. 마흔이 넘은 나이에 새내기가 되어 캠퍼스를 거니는 아줌마 모습을 떠올리자 좀 우스웠다.

너무나 다른 빛깔의 사람들이었다. 그렇게 각자가 정한 방향으로 나아가면서 한 공간에 어우러져 있었다. 서로 다르면서도 누구보다 비슷한 사람들. 나이도 다르고 불협화음 같은 소리를 내지만, 모두들 자기만의 노래를 부르고 있었다. 잘 구워진 바게트가 세상에 나올 때 노래를 부르는 것처럼 저마다 부르는 자기만의 노래. 그 안에서 나는 입만 벙긋거렸다. 어느 부분에서 소리를 내야 할지 나는 아직 알지 못했다.

잉여 인간

아저씨가 반죽을 시작했다. 작업대 위에 펼쳐놓은 재료에 물을 부어가며 섞어주었다. 아저씨에게 방해가 되지 않게 나는 조금 떨어진 자리에서 빵 만드는 모습을 지켜보았다. 표정은 없었지만 아저씨의 손놀림은 점점 빨라졌다. 한참 동안 아저씨는 말없이 손으로 반죽을 밀고 접는 과정을 반복했다.

"건너편 빵집이 오픈하면 저희 가게는 손님이 더 줄어들……"

내가 말을 마치기도 전에 아저씨가 반죽을 패대기쳤다. 말을 잘못 꺼냈다 싶어 나는 얼른 입을 닫았다. 아저씨는 연속으로 몇 번이나 반죽을 작업대에 던졌다. 잠시 뒤에 아저씨는 언제 그랬냐는 듯이 반죽을 어루만지다가 볼에 담았다. 제빵실 안에서 아저씨는 지킬 박사와 하이드처럼 두 얼굴을 하고 있었다.

"해볼래?"

"네?"

뒤도 돌아보지 않고 아저씨가 물었다. 그 말이 너무 갑작스러워서 나는 잘못 들은 줄 알았다.

"맨날 뒤에서 훔쳐보지 말고."

아저씨가 지킬 박사의 얼굴로 나를 향해 웃어 보이며 작업대 한 쪽을 내어주었다.

아저씨가 재료들을 하나씩 작업대 위에 펼치기 시작했다. 나는 아저씨와 재료들을 번갈아 보다가 작업대 앞에 섰다. 아저씨가 빵 만드는 모습을 지켜봐오긴 했지만 제대로 기억하고 있는지 알 수 없었기 때문에 조금 떨리기까지 했다. 밀가루와 소금 등의 재료에 발효 반죽과 물을 부어 섞었다. 아저씨가 지켜보는 통에 긴장이 되었지만, 그동안 봐왔던 대로 천천히 해나갔다. 내가 곁눈질로 눈치를 보자 아저씨는 "보긴 제대로 봤네"라면서 말로 거들었다. 반죽이 너무 되다 싶을 때는 물을 조금씩 부었다. 아저씨는 팔짱을 낀 채로 내 모습을 지켜보았다. 마치 그동안 얼마나 잘 훔쳐보았는지 시험이라도 하듯이.

"빨래해봤지?"

반죽이 어느 정도 섞였을 무렵, 아저씨가 해보라는 시늉을 했다. 빨래라면 자신 있었다. 화가 날 때마다 하다 보니 취미이자 특기가 된 게 빨래니까.

나는 반죽을 접었다가 눌러주는 일을 반복했다. 보기와는 달리 힘이 많이 들어가는 녹록지 않은 작업인 데다가 아저씨와는 다르게 반죽을 치댈수록 진득하게 손에 달라붙었다. 나는 조금 망연한 표정으로 아저씨를 바라봤다.

"반죽은 굉장히 민감해. 같은 재료를 동일한 비율로 섞었어도 조건에 따라 다르게 반응하거든. 날씨에 따라 다르고 누가 어떻게 만지는지 사람 손에 따라 다르고. 손이 차가운지 따뜻한지 심지어 어떤 마음으로 하는지까지 다 읽는다니까. 반죽에 내 체온을 더하는 작업이라고 생각하면서 소통을 해야 해, 소통을."

반죽과의 소통이라…… 역시 외계어였다.

"특히 네가 지금 만들고 있는 바게트는 환경에 가장 영향을 많이 받는 빵이야. 주변 요인을 그대로 흡수하고 표현하지. 어제 만든 바게트와 오늘 만든 바게트가 다르다면 믿겠니?"

"제가 보기엔 똑같은데요."

아저씨는 고개를 저었다.

"바게트는 같은 반죽으로 크기나 모양만 바꿔도 맛이 달라져. 그만큼 민감하고, 그래서 바게트가 어렵다는 거야."

"마음에 안 들어요. 겉과 속이 다른 것도 그렇고."

아저씨가 소리 내어 웃으며 내 반죽에 밀가루를 더해주었다. 볼에 담아 면포를 씌운 반죽은 두 시간 정도 숙성을 시켜야 했다. 여기까지 오는 데도 이미 며칠이 걸린 반죽이었다. 두 시간쯤은 아무것도 아니라는 생각이 들었다. 기다리는 것도 내성이 생기는 모양이다.

나는 수시로 제빵실을 드나들며 볼에 담긴 반죽의 상태를 확인했다. 잠깐 매장을 둘러보고 돌아오면 미세하게 반죽이 올라와 있는 것 같았다. 내가 치대던 반죽도 빵이 될 수 있을까. 아저씨가 만든 것과 다른 맛이나 질감이 나올까. 수학 문제 앞에서 고민하던 경환이의 심정이 이런 것일까 싶은 생각마저 들었다.

"그런다고 빨리 부풀어 오르는 것도 아닌데."

내가 자꾸 들락거리자 아저씨가 말했다. 말은 그렇게 해도 아저씨 얼굴에 근래 들어 보기 드물게 솜이불처럼 폭신한 웃음이 번졌다.

나는 아예 반죽이 담긴 볼 앞에 자리를 잡고 앉았다. 부풀어라, 부풀어라, 주문을 걸면서. 엄마가 만든 빵 반죽이 오븐에 들어가면 경환이랑 앉아서 주문을 걸었던 그때처럼.

하지만 마법은 그때보다 더 빨리 풀렸다. 낯선 전화번호. 대수롭지 않게 받았지만 목소리를 듣는 순간, 불고 있던 풍선이 빵 터진 것처럼 정신이 들었다. 학교에 좀 와야겠다는 경환이 담임의 전화였다.

"합의를 봐야 해서 그래. 상대 아이 엄마가 보호자를 찾는다."

경환이의 시한폭탄이 터졌다. 얌전히 공부만 하던 녀석이 얼마 전부터 생각지도 못한 사고를 쳤다.

내 월급을 몽땅 훔쳐 집을 나간 뒤에 연락이 두절되었던 게 몇 개월 전 일이었다. 나는 분명 사고가 생긴 거라고 확신했다. 경찰서로 달려가 신고를 하고 나서 불안과 걱정으로 한 시간이 한 달 같은 시간을 보냈다. 경환이를 데리고 있다는 경찰의 연락을 받았을 때는 하늘에 감사했다. 착하게 살겠다는 다짐도 했다.

경찰서에 도착했을 때, 경환이는 내 얼굴을 외면했다. 그때 경환이는 내가 알던 모범생 동생이 아니라 다른 사람이 되어 있었다. 입술은 터졌고 얼굴 한쪽은 시뻘겋게 부어올라 있었다. 지저분한 옷, 소매 밖으로 나온 팔에도 상처가 있었다.

공부밖에 모르는 내 동생이 폭주족 행세를 했다니. 나는 경찰에게 몇 번이나 되물었다. 한 달 동안 일해서 번 돈은 박살 난 오토바이가 되어 돌아왔다. 집에서 훔친 돈으로 오토바이를 사고 거리를 질주했을 동생의 모습은 상상으로도 그릴 수 없었다. 가로수를 들이받고 나서야 멈췄다는 말을 믿기에는 평소 경환이의 모습과 어느 부분에서도 교집합이 이루어지지 않았다.

"왜 그랬어?"

내가 물었지만 경환이는 대답하지 않았다.

"왜 그랬냐고 묻잖아? 너 입 없어?"

나는 들고 있던 가방을 경환이에게 날렸다. 내가 화가 난 게 돈 때문인지, 며칠 동안 연락도 없이 사라져 걱정을 했던 마음 때문인지는 종잡을 수 없었지만, 어쨌든 나는 머리끝까지 화가 치밀어 올랐다. 경환이의 머릿속에 뭐가 들어 있는지 몰라서 화가 났고, 터진 얼굴을 하고 나타나서 다시 예전의 동생으로 돌아와 있는 것도 화가 났다. 경찰 아저씨들이 말릴 때까지 나는 경환이에게 가방을 날렸다.

그 이후로는 아무 일도 없이 잠잠했다. 그런 일이 다시는 생기지 않을 줄 알았다. 그런데 합의라니.

아저씨에게 사정을 얘기하고 빵집을 나왔다. 내가 치댔던 반죽이 차츰 부풀어 갔지만 지켜볼 수 없었다. 이제 반죽은 더 이상 부풀지 않고 가라앉으면서 바닥으로 꺼져버릴 것 같았다.

버스가 출발하면서 구자혁 빵집이 점점 멀어졌다. 마법은 깨지고 나는 다시 현실을 달렸다.

경환이는 고개를 숙이고 한쪽에 묵묵히 서 있었다. 내가 온 것을 알면서도 고개를 들지 않았다. 다른 아이들이 없는 걸로 봐서는 혼자 저지른 일인 모양이었다. 소파에 앉은 아주머니가 나를 흘끗 보더니 한 팔로 옆에 앉은 남자아이를 감싸 안았다. 경환이의 어깨가 더 처져 보였다.

"얼굴을 때려서 안경까지 날아갔다."

담임이 다리가 부러진 안경을 내 앞으로 내밀었다. 엄마 품에 안긴 아이의 한쪽 눈가에 붉은 상처가 보였다.

"공부하는데 말 좀 시켰다고 그게 애를 때릴 일이니?"

앙칼진 아이 엄마의 목소리는 동화에 나오는 마녀 같았다. 『헨젤과 그레텔』 속의 마녀.

"죄송합니다."

나는 구십 도로 고개를 숙였다.

"공부를 워낙 잘하는 녀석이다 보니 예민했나 봐요. 전국 수학 경시 대회에서 상을 탈 정도로 똑똑한 아이거든요."

담임이 아이 엄마에게 경환이를 칭찬했다. 수학 경시 대회? 처음 듣는 얘기였다. 경환이를 돌아보았지만 아까처럼 고개를 숙이고 있을 뿐 동상처럼 움직이지 않았다.

"공부만 잘하면 뭐해요? 애가 깡팬데. 저런 애들이 커서 뭐가 되겠어요? 범죄자들 중에 멀쩡하게 사회생활하는 사람이 얼마나 많은 줄 아세요? 그런 사람들, 알고 보면 머리만 똑똑했지 인간이 덜됐단 말이에요."

담임의 말은 오히려 아이 엄마의 성질을 돋우었다. 담임도 실수를 깨달은 것 같았다. 방법을 바꾸기로 한 걸 보면.

"부모도 없는 아이들이에요. 누나가 아르바이트로 먹고사는데, 얘 누나는 학교도 못 다녀요."

담임은 선처를 부탁하려는 의도로 나와 경환이를 바닥까지 추락시켰다. 가난하고 울타리가 없는 아이들은 자존심도 없는 줄 아는 걸까. 그렇지 않은데…… 내 안에 있는 자존심이 크게 꿈틀거렸다. 엄마가 있었더라면 어땠을까. 저 아이처럼, 나와 경환이를 감싸 안는 엄마가 있었더라면.

엄마 아빠를 떠올릴 때마다 나는 따뜻한 김이 서려 있던 포장마차가 가장 먼저 떠올랐다.

미나네.

엄마와 아빠가 운영했던 포장마차 이름. 포장마차니까 당연히 간판은 걸 수 없었다. 오래되고 낡아 색이 바랜 현수막이 덩그러니 걸려 있을 뿐이었다.

"3차는 미나네로 가자!"

사람들은 그렇게 말하면서 '미나네'를 찾아왔다.

"술도 팔고 그러는데 꼭 미나 이름을 써야겠어? 우리 미나 이름 함부로 쓰는 거 찜찜해."

엄마가 마음에 안 드는 투로 말하면 아빠는 대수롭지 않게 받아넘기고는 했다.

"그게 왜 함부로 쓰는 거야? 우리가 하는 일이 어디 단순한 술장사야? 배고픈 사람들 허기도 달래고, 하루 종일 일하고 지친 사람들 쉬어가는 곳인데."

아빠가 말하면 엄마는 썩 내키지는 않지만 딱히 다른 이름이 생각나지 않아 그러는지 그냥 수그러들었다.

엄마 아빠가 포장마차를 시작한 것은 내가 유치원에 다닐 무렵이었다. 그때는 내 이름이 커다랗게 새겨져 어딘가에 걸린다는 것 자체가 마냥 신기했다. 좀더 커서도 나는 내 이름을 사용하는 것에 대해 별다른 토를 달지 않았다. 그런 일에 예민하게 반응할 나이가 되기도 전에 더 큰 일들을 받아들여야 했으니까.

엄마는 감기가 오래가는 거라고 했다. 약국에서 사다 먹는 약으로 버티면서 매일 장사를 나갔다. 병원에 가보자는 아빠의 말에 엄마는 '내일'이라고 답했고, 내일이 되면 엄마는 또 '내일'이라고 말했다. 한 달이 넘게 기침을 하던 엄마가 병원에 갔던 건 순전히 술 취한 손님 때문이었다. 음식 앞에서 기침을 한다고 따졌던 손님이 아니었으면 엄마는 아마 더 늦게 병원을 찾았을 것이다.

"어때? 엄마 날씬해졌지? 처녀 때 입었던 옷이 다 맞는다."

볼이 움푹 들어간 얼굴로 엄마가 웃으며 내 앞에서 빙그르르 돌았다. 짙은 보라색의 원피스가 부풀었다 가라앉았다. 나는 엄마를 향해 엄지손가락을 치켜세웠다. 병원에 입원하던 날, 엄마는 외출복을 꺼내 입었다.

"한 달만 참자, 우리 딸."

입원 준비를 하면서 엄마는 그렇게 말했다.

백혈구에 이상이 있다는 게 어떤 병인지 나는 알지 못했다. 입원해서 치료를 받으면 금방 낫는다는 엄마의 말을 철석같이 믿고 빨리 한 달이 지나기만을 기다렸다. 엄마가 돌아오면 앞으로 더 웃게 해드려야겠다고 다짐도 했다. 하지만 엄마는 전보다 더 야위어갔고 한 달이 지나도 퇴원하지 못했다. 걱정은 투정이 되어 생떼를 쓰듯 언제 돌아올 건지 묻는 내게 엄마는 곧,이라고만 말했다. 엄마가 돌아오기를 기다리며 보냈던 하루하루가 실은 엄마를 떠나보내기 위한 하루하루였다는 것을 나는 짐작조차 할 수 없었다.

엄마가 입원을 하고 나서 두 달도 채 되지 않았다. 엄마를 볼 수 있었던 시간은. 그나마 엄마가 중환자실에 들어간 다음에는 엄마 얼굴도 마음대로 보지 못했다. 엄마가 가는 마지막 순간에도 곁에 있지 못했다. 엄마는 내가 곤히 잠든 새벽에 떠나갔다.

다음 날 아침 일찍, 엄마와 가까이 지내던 동네 아주머니가 나와 경환이를 병원으로 데려갔다. 엄마의 영정 사진 앞에 혼자 앉아 있던 아빠. 아빠는 눈물을 흘리지 않았다.

"이럴 줄 알았으면……"

아빠는 그 말만 되뇌었다. 사진 속에서 웃고 있는 엄마를 보자마자 나와 경환이는 동시에 울음을 터뜨렸다. 울면서도 뭔가 이상하다는 생각을 했다. 마치 내가 동화 속 주인공이 된 것 같은 착각이 들었다. 엄마는 어딘가에 있을 거야. 나쁜 마녀가 우리 엄마를 데려가서 죽은 걸로 꾸민 거야. 엄마가 마녀한테서 도망 나오면 될 텐데. 그렇게 생각하자 조금 덜 슬퍼졌다. 집으로 가면 엄마가 돌아와 있을지도 모르니까.

하지만 엄마는 아직도 마녀에게서 도망치지 못했다. 엄마를 찾으러 간 아빠도 돌아오지 않았다.

고개를 들자 아이의 엄마가 나를 쳐다보고 있다가 시선을 돌렸다. 담임의 방법이 통했는지 아까보다 누그러진 태도였다.

"속상하지만 할 수 없죠. 우리 애야 내가 지켜줄 수 있지만, 저 아이들은……"

"역시 선우 어머님이세요."

이때라는 듯이 담임의 목소리가 한결 가벼워졌다.

"빨리 사과해."

담임이 경환이를 다그쳤다. 경환이는 슬쩍 고개를 드는가 싶더니 입을 꾹 다물었다.

"얘가, 정말! 빨리 사과하라니까. 너 진짜 운 좋은 줄 알아. 이해심 없는 부모님이면 벌써 경찰 불렀어."

담임이 경환이를 윽박질렀다.

"미안하다. 죄송합니다."

경환이가 아이와 엄마에게 마지못해 웅얼거렸다.

"더 크게 해, 인마."

담임이 경환이의 어깨를 쿡쿡 찔렀고 경환이는 아까보다 큰소리로 사과를 했다. 옆에서 나도 머리를 조아렸다. 아이 엄마의 얼굴에 어느 정도 만족감이 드러났다.

교무실을 나서며 아이의 엄마는 선생님을 향해 세상에서 가장 인자하고 너그러운 학부모의 웃음을 보여주었다. 이쯤해서 일이 마무리된 것이 그나마 다행이었다. 그것이 비록 가식일지언정 아이의 엄마에게 고맙게 생각하기로 했다. 하지만 그 생각은 불과 몇 분을 넘기지 못했다.

"얘, 잠깐만."

운동장으로 나오면서 뒤따라오던 아이의 엄마가 나를 불렀다. 아이를 혼자 두고 내 앞으로 다가왔다. 경환이는 나보다 몇 발짝 앞에 있었다.

"어쨌든 안경값하고 병원비는 합의를 봐야 되잖니?"

"네?"

교무실에서 사과를 받아들이면서 합의는 끝났다고 생각했는데, 그게 아니었나.

"너희도 사정이 있는 아이들이니까…… 다 해서 백만 원으로 하자."

"백만 원이요?"

"안경이 부러지도록 때린 게 어디 단순한 폭행이니?"

이건 합의가 아니라 협박이었다.

"그건 죄송합니다. 하지만 아까 용서하신 걸로 생각했는데요."

"용서야 했지. 그러니까 일을 더 크게 안 벌이고 거기서 끝낸 거야. 선생님 말씀 못 들었어? 경찰 부르고 합의 안 보면 걔는 소년원 행이야. 공부도 잘하는 애라며. 그래서야 되겠니?"

아이 엄마의 말은 저주를 거는 마녀였다.

"그럼 아까 교무실에서 말씀하시지 그러셨어요?"

"선생님 앞에서 그러면 너도 곤란하잖아."

"……"

아이 엄마의 이중성이 경멸스러웠다. 아이의 엄마도 나의 반항적인 태도가 못마땅한 것 같았다.

"저 아이 휴대폰으로 계좌번호 보낼 테니까 이번 주까지 백만 원 입금해. 이번 주 넘어가면 나도 합의 안 볼 거니까 알아서 하고."

아이 엄마가 턱으로 경환이를 가리켰다. 경환이가 고개를 빳빳이 들고 서 있었고 경환이에게 얻어맞은 아이는 멀찍이서 딴청을 부렸다.

"부모 없는 애들이라 이 정도로 끝내는 줄이나 알아."

큰 인심을 쓰듯이 말하고 아이의 엄마가 앞서 걸어갔다. 마녀가 사라진 뒤에 헨젤과 그레텔은 정말 행복했을까.

경환이와 나는 거리를 두고 걸었다. 이번에는 내가 앞장섰고 경환이가 내 뒤를 따라왔다. 경환이는 이제 곧 2학년이 된다. 원래대로 학교를 다녔으면 나는 고3이 되고 다른 아이들처럼 입시에 신경을 써야 했겠지만, 나는 진즉에 대학이라는 걸 포기했다. 갖고 싶다고 꿈꿔본 적도 없었다.

하지만 경환이는 달랐다. 경환이는 꿈을 꾼다. 경환이의 눈을 보면 알 수 있었다. 아무것도 내색하지 않는 경환이지만 그것만은 숨기지 못했다. 공부할 때 드러나는 경환이의 얼굴을, 대학이라고 말할 때 반짝이는 경환이의 눈빛을. 우리에게는 가당치도 않은 대학이라는 것을 경환이가 욕심내고 있었다. 차라리 지지리 공부도 못하는 녀석이라면 내 속이 편했을까. 어느 쪽으로 생각해도 해결이 안 나기는 마찬가지였다.

잔뜩 몸을 웅크리고 걷다가 나는 걸음을 멈추었다.

"짜장면 먹을래?"

뒤를 돌아보며 경환이에게 물었다. 서너 걸음 뒤에서 따라오던 경환이가 멈춰 서서 눈만 껌뻑거렸다. 내가 먼저 중국집의 문을 열고 안으로 들어갔다. 점심도 저녁도 아닌 애매한 시간이라 가게 안은 한산했다. 직접 가게에 와서 먹으면 배달했을 때보다 천 원이나 할인을 해주는 집이었다. 나는 짜장면 두 그릇을 주문했다. 맞은편에 앉은 경환이는 여전히 나와 눈을 맞추지 않고 눈동자를 굴렸다. 내 입에서 무슨 말이 나올지 몰라 긴장하는 눈치였다. 전처럼 책가방이라도 날릴 줄 알았던 모양이다. 그런 경환이를 보자 나는 아무 말도 할 수 없었다.

짜장면을 기다리는 동안, 벽에 걸린 텔레비전을 보았다. 진부한 내용의 드라마가 나오고 있었다.

"짜장면 나왔습니다."

테이블 위에 짜장면 두 그릇이 놓였다. 경환이와 나는 젓가락을 가르고 말없이 짜장면을 먹었다.

후루룩. 후루룩.

경환이는 짜장면을 소리 나게 먹었다. 경환이의 그릇이 금방 바닥을 드러냈다.

"탕수육 먹을래?"

경환이가 처음으로 나와 눈을 맞추었다.

"너 왜 그러냐? 좀 무섭다."

"뭘?"

"왜 안 하던 짓을 하냐고. 어디 멀리 갈 사람처럼."

나도 모르게 웃음이 나왔다. 진부한 내용의 드라마 같은 얘기.

"겁나나 보지?"

"전혀."

경환이는 바닥에 남은 짜장 양념까지 싹싹 비웠다. 나는 추가로 탕수육을 시켰다. 탕수육은 양에 따라 가격이 달랐다. 여러 가지로 손님을 배려한 가게였다.

"탕수육 나왔습니다."

말도 안 되는 내용의 드라마를 보면서 탕수육을 씹었다.

"수학 경시 대회 얘기, 왜 안 했어?"

역시나 대답이 없었다.

"애는 왜 패냐?"

"맞을 짓을 했으니까 패지."

경환이가 의외로 대꾸를 했다.

"뭐가 맞을 짓인데?"

경환이는 잠시 탕수육만 씹었다.

"우리 같은 애들은…… 잉여 인간이란다. 평생 그렇게 살 거래. 공부해봤자 소용없다고."

우리 같은 애들은 어떤 애들일까.

"아니면 그만이지. 애를 패냐?"

"기분 나쁘면 팰 수도 있는 거지. 너는 누가 미나리라고 놀리면 좋아?"

"그래도 난 안경 쓴 애 얼굴은 안 때리거든."

"그래, 너 잘났다."

마침 텔레비전에서 두 여배우가 한바탕 싸움을 벌이느라 소리가 커졌다. 우리의 대화는 중단되었다.

경환이의 입에서 나온 잉여 인간이라는 말 때문인지 탕수육이 목구멍으로 넘어가지 않았다. 무작정 세상에 던져진 것도 억울한데 잉여 인간이라니. 그 말이 오해라고 증명해 보일 방법이 있기는 할까.

머피의 법칙

교실로 올라가기 전에 학원 로비의 현금인출기 앞에 섰다. 십만 원이 조금 넘는 돈이 있었다. 합의금은커녕 월세와 생활비도 부족했다.

설마 진짜 신고를 하지는 않겠지. 그냥 돈을 보내지 말까. 버틸 수 있을 때까지 버텨볼까. 경환이 자식, 다시는 사고 안 치게 혼내줄까. 여러 생각들이 떠다녔다. 그 순간 아이의 어깨를 감싸던 엄마의 긴 팔이 생각났다. 멀찍이 떨어져 있던 경환이의 처진 어깨. 후루룩 소리를 내며 짜장면 그릇을 비우던 경환이의 얼굴.

나에게는 늘 선택지가 없었다. 한 방향으로만 가야 했다. 하지만 줄곧 걸어온 길은 이제 커다란 벽으로 가로막혔다. 건너뛰기에는 너무 높은 벽. 돌아가려고 해도 돌아갈 곳이 없는 길.

"뭐해?"

"아, 깜짝이야!"

뒤를 돌아보자 애순 아줌마가 어깨 너머로 현금인출기의 화면을 들여다보고 있었다. 나는 서둘러 카드를 뽑고 아줌마를 지나쳤다. 조금 전까지 머릿속에 엉켜 있던 생각들이 펑하고 사라졌다.

"알바비 받았어?"

대답하지 않고 계단을 올라갔다.

"쌀쌀맞기는. 주말에 우리 반 단합대회 하는 거 알지? 왕언니가 쏠 거라니까 입만 오면 돼."

"못 가요."

"웬일이야? 먹는 자리라면 안 빠질 줄 알았는데."

"다른 스케줄 있어요."

"남자 친구 만날 거 아니면 그냥 가자."

"남자 친구 만나요."

"맨날 오는 걔?"

양수를 말하는 것 같았다.

"내 수준을 뭐로 보고."

"하긴 너랑 별로 안 어울리더라. 완전 범생이던데."

"남 일에 신경 끄세요."

계단을 두 개씩 올라가자, 따라오던 아줌마가 뒤로 처졌다.

교실로 들어서다가 나는 멈칫했다. 또 카메라다. 다시 나가려고 돌아서는데 왕언니 아줌마가 대뜸 말을 시켰다.

"미나야, 오늘은 일찍 왔네?"

카메라가 나에게로 방향을 잡았다. 피디 아저씨가 대답하라는 손짓을 했다.

"오면서 볼 일이 좀 있어서……"

지난번에 찍힌 것도 모자이크 처리를 해달라고 못했는데, 나는 어정쩡한 대답을 하고 말았다.

왕언니 아줌마 옆에 앉아 있던 아인이가 들고 있던 펜으로 책상을 땅 내려쳤다.

"집중하세요, 집중!"

"아, 네. 선생님."

아인이가 짐짓 엄하게 말하자 왕언니 아줌마가 금방 꼬리를 내리고 책을 보았다. 아인이는 종종 왕언니 아줌마의 공부를 도와주었다. 카메라는 다행히 왕언니 아줌마와 아인이에게 돌아갔다. 「다큐, 그곳」에서 특히 관심을 보이는 인물이 왕언니 아줌마와 아인이였다. 학원의 최고령자와 최연소자 커플. 둘은 묘하게 잘 어울렸다.

"방금 설명한 거 이해하셨어요?"

"글쎄 알 것도 같고 모를 것도 같고."

"아, 아줌마! 그렇게 말하면 안 되죠. 몇 번을 설명했는데요!"

"아우, 몰라. 너무 어려워. 이건 그냥 넘어가."

"안 돼요. 이거 여러 번 나왔던 기출문제라고요."

"이번에는 안 나올 수도 있잖아. 나오면 한 문제만 틀리지, 뭐. 이거 틀린다고 인생이 바뀌겠어?"

"지금 아줌마가 제대로 맞힐 수 있는 문제가 몇 개나 되는지 알아요? 이거 한 문제 때문에 불합격할 수도 있어요. 그럼 아줌마 검정고시 3수해야 되거든요?"

"더도 덜도 말고 딱 내 나이만큼만 점수가 나오면 합격인데."

왕언니 아줌마가 말하고서 웃어댔고 아인이가 팍 인상을 썼다.

"아줌마 이러는 거 할아버지도 아세요?"

이번에는 왕언니 아줌마가 펜으로 아인이의 머리를 살짝 때렸다.

"아야! 왜요?"

"내가 아줌마면 우리 영감은 아저씨지, 왜 할아버지야?"

"아줌마도 영감이라면서요!"

"그건 그냥 애칭이야. 젊은 애들이 애기야, 이렇게 부르는 것처럼."

"어우, 진짜! 가지가지 해요."

"어른한테 말버릇은…… 알았어. 다시 설명해봐."

"마지막이에요. 또 모르겠으면 아줌마 손녀한테 가서 물어보세요."

"알았어, 알았어."

아인이는 다시 설명을 시작했다. 아직 성장하고 있는 아인이의 작은 어깨와 점점 작아지는 왕언니 아줌마의 어깨가 맞닿았다.

"치사하게 먼저 가냐."

애순 아줌마가 들어오며 눈을 흘겼다. 아줌마는 사 층까지 올라오느라 힘들었는지 숨을 몰아쉬었다. 그사이 카메라는 꺼졌다. 작가 언니는 아인이와 왕언니 아줌마에게 같이 공부하는 모습을 다시 촬영하자고 했다. 그러면서 몇 가지 상황을 제시했다.

"방송도 다 뻥이라니까."

"완전히 뻥은 아니지. 왕언니랑 아인이 저러는 거 하루 이틀 아니잖아. 약간 연출하는 거 정도야, 뭐. 근데 넌 무슨 일 있는 표정이다?"

"신경 끄라구요."

내가 생각해도 냉정하다 싶을 정도로 말이 차갑게 나갔다. 그래서였는지 아줌마는 더 이상 묻지 않았다. 차라리 대답을 하지 말걸. 괜히 마음이 불편해져서 나는 보지도 않는 책에 얼굴을 묻었다. 아무것도 보지 않고 아무 소리도 듣고 싶지 않았다. 모든 것을 일시정지 상태로 멈출 수만 있다면…… 그럴 방법이 있을까.

수업 시간이 다 되어가는데 지수는 오지 않았다. 또 며칠째 결석이었다. 지수가 결석을 하는 날은 많았지만 이번엔 좀 달랐다. 휴대폰도 받지 않았고 문자를 해도 답장이 없었다. 막다른 길 앞에서 친구까지 묵묵부답이었다.

뭔 일? 답장이라도 해.

지수에게 문자를 보냈다. 오 분 뒤에 교수님이 종을 칠 때까지도 내 휴대폰은 울리지 않았다.

통장에 찍힌 숫자가 머릿속에서 떠나지 않았다. 이번 주까지 백만 원을 입금하지 않으면 가만있지 않겠다고 했던 아이 엄마의 날 선 목소리가 환청처럼 들렸다. 아저씨한테 가불이라도 부탁해볼까 싶었지만……

건너편 빵집이 드디어 문을 열었다.

"오늘 만 원 이상 구매하시는 분들께는 유기농 딸기잼을 사은 선물로 드립니다. 어서 오세요!"

내래이터 모델의 목소리가 스타카토처럼 튀었다. 음악 소리는 구자혁 빵집의 틈새를 파고들었다. 모델이 리듬을 타며 몸을 움직였고 지나가던 사람들은 발길을 멈추고 이제 막 오픈한 베이커리 안을 기웃거렸다.

"나는 내 빵만 구우면 돼. 선택은 손님들 몫이야."

내심 관심 없는 척 행동했지만, 아저씨는 틈만 나면 창밖을 내다보았다. 최근 들어 예전보다 손님이 늘어가는 것 같다고 좋아했었는데, 건너편 베이커리가 문을 열면서 오후 내내 빵을 사러 오는 사람이 없었다. 아저씨가 공들여 만든 빵은 점점 굳어가고 있었다. 막다른 길 앞에서 막막하게 서 있는 사람은 나뿐이 아니었다.

"아저씨."

어렵게 끌어낸 목소리가 갈라졌다. 이 담을 어떻게 넘어갈까요, 라고 묻고 싶었다. 아저씨라면 혹시 방법을 알고 있지 않을까. 아저씨가 무사히 담을 넘으면 나에게도 방법이 생기지 않을까. 나는 아저씨가 건네준 빵을 물끄러미 내려다보았다.

"네가 만든 빵이다. 어제 구운 거라 제대로 된 맛은 못 보겠지만, 그래도 처음 만든 거니까 의미가 있지 않겠니?"

빵집에 들어서자마자 아저씨가 나에게 바게트를 내밀었다. 내가 치대던 반죽을 완성한 거라고 했다. 더는 부풀 것 같지 않던 반죽이 빵이 되었다.

처음으로 만든 빵. 나는 빵을 보며 방법을 찾으려고 했지만 아무런 생각도 떠오르지 않았다. 아저씨는 여지없이 제빵실에 들어가 새로운 빵을 만들기 시작했다. 최종 발효된 반죽을 살핀 다음, 다른 날보다 더 신중하게 칼집을 넣었다.

일이 터진 건 늦은 오후 무렵이었다. 방금 구운 빵 냄새가 가게 안을 가득 메우고 있었고, 당장 넘을 수 없는 벽 앞에 서 있다고 해도 나는 거기서 잠시 숨을 골랐다. 아저씨의 빵 냄새에 해답이 있을지도 모른다고 생각하면서.

풍경 소리가 들리고 남자 손님이 가게 안으로 들어왔다. 마침 매장에 나와 있던 아저씨가 빵처럼 푸근한 웃음으로 손님을 맞았다.

"구자혁이 누구예요?"

손님이 대뜸 물었다.

"구자혁 빵집이니까 사장이 구자혁일 거 아니에요?"

손님의 말투가 거칠었다. 입꼬리에 겨우 남아 있는 아저씨의 푸근한 웃음은 벼랑에 매달려 위태로워 보였다.

"제가 구자혁입니다만……"

"어디서 이 따위 빵을 만들어서!"

손님이 '구자혁 빵'이라고 쓰인 포장지를 아저씨 얼굴 앞으로 던졌다. 포장지 서너 장이 낙엽 떨어지듯 바닥으로 천천히 내려앉았다.

"이 집 빵을 먹고 우리 애가 장염에 걸려서 지금 병원에 있어요!"

포장지를 던진 손님이 언성을 높였다. 당장 아저씨의 멱살이라도 잡을 태세였다. 아저씨의 웃음은 이미 벼랑 아래로 떨어져 흔적도 없이 사라졌다.

"그럴 리가 없는데요. 저희 집 빵은 그날그날 만들거든요."

"내가 지금 없는 얘기 지어서 해요? 전철역 앞에서 나눠준 거, 다 상한 빵 아니에요? 못 파는 거 공짜로 준 거 아니냐고요!"

"무슨 말씀이세요? 공짜로 나눠주다니?"

"그러니까 여기서 시식하라고 나눠준 빵을 먹고 우리 애가…… 맞다, 저 아가씨네."

손님의 말에 아저씨가 나를 돌아보았다.

"제가 빵을 나눠드렸어요."

"그것 보세요."

내 대답에 손님이 맞장구를 쳤다. 아저씨의 눈은 무슨 일인지 설명을 해보라는 듯 내게서 시선을 떼지 않았다.

"사람들한테 구자혁 빵을 알리고 싶었어요."

"그래서 시식용 빵을 나눠줬다는 거니?"

아저씨의 목소리가 평소와 달리 낮게 가라앉았다. 나를 보는 아저씨의 눈매는 잘못된 반죽을 보았을 때처럼 차갑고 매섭게 올라갔다.

"여기 빵집이 있다는 것도 사람들은 모르잖아요. 알아야 오죠."

아저씨는 내 말이 끝날 때까지 똑같은 눈매를 하고 나를 보고 있었다. 잠시 무거운 침묵이 흘렀다.

"누가 그런 쓸데없는 짓을 하래?"

"그게 왜요? 건너편 베이커리에서 홍보하는 거 보세요. 저희도 뭐든 해야 하잖아요."

"그건 저기 방식이고, 난 내가 하던 대로 해."

한 번도 겪어보지 못한 아저씨의 말투와 태도에 나는 서운하다 못해 화가 났다. 언제든 아저씨가 알게 되면 감동받을 줄 알았는데, 내 기대는 완전히 빗나갔다.

"이것 보세요, 둘이 뭐하는 거예요? 우리 애가……"

손님이 나와 아저씨 사이에 끼어들었다.

"잠깐만요. 저희끼리 얘기 중이잖아요."

내 말에 손님이 옆에 있던 의자를 발로 찼고 의자는 텅 소리를 내며 테이블에 부딪혔다. 불길한 소음처럼 소리가 울렸다.

"지금 둘이 얘기하는 게 중요해? 넌 뭐야? 구자혁 딸이야?"

"구자혁이 손님 친구예요?"

나도 모르게 소리를 빽 질렀고 그 서슬에 놀란 손님이 움찔 뒤로 물러났다.

"어디서 손님한테 큰소리야?"

이번에는 아저씨가 소리를 질렀다. 어디선가 많이 겪어보았던 상황. 알바를 하면서 종종 사장들과 실랑이했던 일들이 오버랩 되었다.

아저씨는 손님에게 사과했다. 고개를 숙여 천천히. 병원비와 약값도 모두 물어주겠다고 했다.

"잘못한 것도 없는데 우리가 왜 사과해요?"

아저씨의 사과를 받은 손님은 의기양양해져 나와 아저씨를 구경했다.

"우리 집 빵을 먹고 그랬다고 하니까 책임을 지는 거다."

반죽을 하면서 아저씨는 도를 닦고 있었던 게 분명하다. 몸에 엄청난 양의 사리가 생겼을지도 모른다.

"우리 빵을 먹고 그랬다는 증거 있어요? 한겨울에 우리가 만든 빵을 먹고 탈이 났다는 건 말도 안 되는 억지잖아요."

"시키지도 않은 일을 하고 와서 뭘 잘했다고 큰소리야?"

"사람들한테 여기 구자혁 빵집이 있다고 알린 게 잘못한 거예요? 저 손님이 와서 따지지만 않았어도 이렇게 화내시지는 않았을 거 아니에요!"

"손님이랑은 상관없어. 내가 안 이상 다시는 그런 짓 하지 마."

"그게 왜요? 뭐가 잘못됐는데요?"

"난 빵을 만들기 위해서 고민을 하지, 팔기 위해서 고민하는 게 아니란 말이다."

"요즘 같은 시대에 마케팅이 얼마나 중요한데요? 지금 빵집 유지하기도 힘들다는 거 누가 모를 줄 알아요?"

"누가 너보고 그런 걱정하라고 했니? 나는 내 방법으로 할 거야. 지금껏 그래 왔고 앞으로도 그럴 거다. 그러니까 넌 쓸데없는 일은 그만둬. 그리고 너도 손님한테 소리 지른 거 사과해."

아저씨의 말이 참을 수 없이 서운하게 들렸다. 내 체온이 옮겨가던 반죽이 확 식어버린 느낌이었다.

"저는 잘못하지 않은 일에 고개 안 숙여요."

나도 지지 않고 말했다.

"여기서 계속 일할 거면 당장 사과해!"

처음 대하는 아저씨의 목소리와 눈빛. 금방 구운 빵처럼 푸근한 얼굴로 나를 대하던 아저씨가 아니었다. 사과를 안 할 거면 나가라는 얘기일까. 모르는 사람의 거짓말은 믿어주면서 내가 아저씨와 아저씨의 빵을 지키려고 애쓴 건 모르는 걸까.

나는 앞치마를 벗어 탁자 위에 올려놓았다. 손님은 재미있는 구경거리라도 되는 듯 내 행동을 지켜보다가 나와 눈이 마주치자 황급히 시선을 돌렸다.

"아저씨한테는 사과할게요. 죄송해요. 시키지도 않은 일을 해서. 하지만 손님한테는 사과 안 할래요. 그리고 도움도 안 되는 전 그만 나갈게요."

말을 마치자마자 나는 뒤돌아보지 않고 빵집을 나왔다. 방금 무슨 일이 일어난 걸까. 하나도 정리가 되지 않았다. 조금 전까지만 해도 나는 빵 냄새를 맡고 있었는데.

아저씨가 따라 나와 나를 잡지 않을까 기대했지만, 그런 일은 일어나지 않았다. 풍경 소리만 쓸쓸히 나를 배웅했다.

아저씨의 빵, 아저씨의 꿈. 에펠탑 앞에서 품었다던 아저씨의 꿈이 그대로 묻히는 게 싫었다. 나는 더 많은 사람들이 아저씨의 빵을 맛보기를 바랐을 뿐이다. 학원에 가는 길에 적당한 크기로 자른 빵들을 하나씩 포장해서 사람들에게 나누어주었다. 버스 정류장에서 전철역, 그리고 대형 마트에서 아파트 단지가 있는 곳까지. 주유소에서 일할 때처럼 손이 굳어서 마음처럼 움직이지 않아도 나는 빵을 나누어주었다.

"천연 발효종으로 만든 빵입니다. 맛 좀 보세요."

무표정하게 걷던 사람들이 내가 건네는 빵을 받아들었다. 어떤 사람들은 "구자혁 빵집?" 하며 포장지를 눈여겨보기도 했다. 그런 이들에게는 적극적으로 빵에 대해 설명했다. 그날 먹어본 빵 맛 때문에 가게를 찾아오는 손님도 있을 거라고 믿었다. 그렇게 열심히 뛰어다닌 것뿐이다. 아저씨가 만든 빵이, 아저씨의 꿈이 식어가는 게 싫어서.

한참을 걷다가 제자리로 돌아와서 버스 정류장 의자에 앉았다. 건너편에 구자혁 빵집의 간판이 보였다. 빵집을 나오고 나서야 내가 만든 빵을 두고 온 걸 알았다. 이젠 다 소용없겠지. 희미한 간판은 여전히, 아니 훨씬 더 불안해 보였다.

수업도 끝날 때가 되어갔지만 나는 학원으로 가지 않았다. 쉬는 시간마다 애순 아줌마에게 전화와 문자가 왔다. 답장은 하지 않았다. 그 자리는 처음부터 내가 있을 곳이 아니었는지도 모른다.

집에 들어왔을 때, 경환이는 이불을 뒤집어쓰고 누워 있었다. 현관 바로 앞에 있는 거실 겸 주방. 경환이가 공부하고 잠을 자는 곳. 고모네 집에서 살 때부터 경환이는 줄곧 한 데서 잠을 잤다.

싱크대 앞 밥상에 경환이가 먹고 난 빈 그릇이 그대로 있었다. 한참을 헤매고 다녀서 그런지 으슬으슬 몸이 떨렸다. 몸도 마음도 다 얼어 있었지만 가방을 던져놓고 그릇들부터 치웠다. 아무 말도 하고 싶지 않았다.

벌써 몇 년이 지났지만, 나는 아직도 아빠의 죽음을 받아들이기 힘들었다. 적어도 아빠는 있어야 했다. 아빠의 죽음이 아빠가 원해서든 아니든, 그건 나에게 중요하지 않았다. 어떤 일이 있어도 아빠는 버텼어야 했다. 사람들의 수군거림에 아무 말도 못했던 건 그래서였다. 병이라면 이겨내야 했고 사고라면 피했어야 했다. 하지만 아빠는 모든 것을 받아들이기로 작정한 사람 같았다. 아빠는 정말 엄마 곁으로 가고 싶었던 걸까. 아직 세상에 나올 준비가 덜 된 나와 그때까지 철없이 굴던 경환이를 남겨둔 채로 그렇게 서둘러 떠날 만큼.

아빠의 장례까지 치르고 나서 나와 경환이는 고모 집으로 갔다. 고모가 우리 두 남매의 보호자가 되었다. 살던 집의 전세금과 포장마차를 처분하고 남은 돈이 우리 남매에게 돌아왔지만, 병원비를 정산하고 장례를 치르느라 돈은 많이 줄어 있었다. 남은 돈은 고모가 관리하기로 했고 우리 학비로 쓰겠다고 했다.

고모네 집은 변두리에 있는 방이 두 칸 딸린 작은 빌라였다. 알고 보니 우리가 살던 집과 그리 멀지 않은 곳이었다. 고모에게도 두 남매가 있었고, 나와 경환이까지 함께 지내기엔 집이 많이 비좁았다. 고모네 집에서 사는 동안 경환이는 하루도 방 안에서 잠을 자지 못했다. 거실의 한쪽에 이불을 깔고 누웠다. 나는 안방에서 고모와 고모의 딸과 함께 잤고 고모부와 아들이 작은 방을 썼다. 밤에 방문을 닫고 나서 자리에 누우면 눈을 감아도 마루에 누워 있는 경환이의 모습이 아른거렸다. 경환이는 그때부터 말수가 줄었다.

"이대로는 여섯 식구 먹고살기가 너무 힘들다."

고모와 고모부는 우리가 살던 집의 전세금으로 작은 가게를 차리고 싶다고 했다. 가게를 열어 돈을 벌면 큰 집으로 이사를 하고, 그러면 나와 경환이가 쓸 수 있는 방도 따로 주겠다고 했다. 이미 계획을 다 잡아놓은 상태여서 나와 경환이의 의견이 필요한 것도 아니었다. 예의상 물어보는 말이었지만, 그래도 함부로 돈을 쓰지 않은 걸 보면 고모와 고모부가 모진 사람들은 아니었던 것 같다.

고모가 말한 작은 가게는 생각보다 컸다. 테이블이 열 개는 됐고 인테리어도 깔끔한 음식점이었다. 본사가 있는 가맹점이라 기본은 한다면서 고모부는 잔뜩 들떠 있었다. 하지만 고모부의 기대와 달리 처음 문을 열었을 때를 빼고는 손님이 거의 없었다. 들어오려던 손님도 썰렁한 분위기에 되돌아 나갔다. 결국 가게는 1년을 넘기지 못하고 문을 닫았다.

가게를 정리하고 나서 고모부는 다른 사업을 시작했다. 이번에는 무슨 일을 하는지 자세한 얘기를 하지 않았다. 고모부는 바빠서 집에 들어오지 않는 날이 많았고 중국으로 물건을 가지러 간다고도 했다. 고모부의 친구와 함께 쓴다던 사무실에 우연히 들른 적이 있었는데, 안에는 약 상자가 잔뜩 쌓여 있었다. 고모부가 파는 약이라고 했다. 고모부가 약을 판다는 게 이해가 안 됐지만, 나도 잘 모르는 일이라서 크게 신경 쓰지 않았다.

고모네 집을 나온 것은 내가 막 고등학교 입학을 앞두고 있을 때였다. 고모는 이번에도 고모부 사업이 실패했다고 했지만 상황은 더 심각해져, 고모부는 경찰서까지 끌려가게 되었다.

"너희끼리 사는 게 나을 것 같다. 나라에서 나오는 보조금으로 먹고살 수는 있을 거야. 고등학교만 마치고 제대로 취직하면 되니까 그때까지만 참자."

고모가 나와 경환이에게 말했다. 이번에도 우리에게는 결정권이 없었다. 고모는 이미 우리가 살 곳도 알아봐둔 상태였다. 적은 보증금에 월세까지 내야 하는 지하방이었다. 월세는 넣어주겠다던 고모는 몇 달 동안 통장으로 얼마의 돈을 보내다가 훌쩍 지방으로 이사를 했고, 그 이후로 거의 소식이 없었다.

그릇들이 덜그럭거리는 소리에 깼는지 경환이가 부스스 자리에서 일어나 발로 이불을 걷어냈다. 경환이는 파카에 목도리까지 두르고 있었다. 나는 경환이가 뭘 해도 짜증이 났다. 공부하는 모습을 봐도, 밥 먹는 모습을 봐도, 자다 일어난 모습을 봐도.

"주인아줌마 내려왔었어."

경환이가 말했다. 내려온 이유는 듣지 않아도 뻔했다. 밀린 월세는 안 내도 좋으니 방을 비워달라고 말한 지가 꽤 되었다. 대책도 없이 알았다고 말해놓고 나서 얼마나 후회했는지 모른다. 새로 들어올 사람이 생겼다니 이젠 정말 집까지 나가야 할 형편이었다.

"어떻게 할 거야?"

마치 나를 시험하는 것 같았다. 이래도 참을래? 라고.

"알바 다시 알아봐야지."

"다시? 빵집 그만뒀어?"

그냥 좀 내버려두지. 평소에는 대꾸도 안 하던 녀석이 왜 이러는 걸까. 합의금에 이사까지, 경환이도 속이 타는 모양인지 목소리에 짜증이 배어 있었다.

"빵집 그만 안 뒀어도 하나 더 알아볼 참이었어."

"저녁엔 학원 가잖아. 지난번 주유소에서처럼 또 사정해서 여덟 시간, 아홉 시간, 그렇게 일하겠다는 거야? 청소년 근로기준법 위반이라고 투덜대면서? 무슨 알바를 또 할 건데?"

경환이도 이렇게 길게 얘기할 줄 아는 아이였다니.

"알아보는 중이라고 했잖아. 그리고 이제 학원 안 나가. 그 시간에 알바해서 돈 벌 거니까."

"너 검정고시 안 볼 거야? 평생 중졸로 살래? 알바나 하면서?"

"학원 안 간다고 했지, 시험 안 본다고는 안 했거든?"

"밤에 어디서 무슨 일을 할 건데?"

경환이가 소리를 질렀다. 내가 무슨 말을 해도 경환이는 화를 낼 게 뻔했다. 하지만 경환이가 원하는 답은, 내가 가진 선택지에 없었다. 나는 싱크대에 그릇을 신경질적으로 던졌다. 플라스틱 그릇이 수도꼭지에 맞고 바닥으로 떨어졌다. 아무 말도 하고 싶지 않은데 하필, 박 흔들어놓은 탄산음료의 기포처럼 참았던 응어리가 밖으로 터져 나왔다.

"너 누나한테 계속 그런 식으로 말할래? 내가 네 응석까지 받아줘야 해?"

"뭐야? 왜 성질이야?"

경환이가 바지 주머니에 손을 찔러넣은 채 나를 향해 눈을 부릅떴다. 경환이의 시한폭탄도 터지기 일보 직전이었다. 나는 멈춰야 한다는 걸 알면서도 그럴 수 없었다.

"내가 누구 때문에 이러는데? 너만 아니었어도 학교 그만 안 뒀어. 너만 아니었어도 나 혼자 알바해서 충분히 살아. 지금도 너 때문에 이렇게 된 거잖아!"

참았던 말들이 폭죽처럼 연달아 팡팡 터지고 있었다.

"너 학교 그만둔 게 왜 나 때문이야? 니가 못 견디고 나온 거 아냐? 부모 없다는 거 들킬까 봐 조마조마하고 가난한 거 애들이 아니까 쪽팔렸던 거 아니냐고! 애들이 만만하게 보니까 못 견디고 네 발로 나오고서 왜 나한테 난리야!"

"이 자식이 정말!"

나는 고무장갑을 벗어서 경환이의 얼굴에 그대로 던졌다. 고무장갑은 둔탁한 소리를 내며 경환이의 얼굴을 맞고 바닥으로 떨어졌다. 경환이가 얼굴에 묻은 물기를 손으로 닦았다.

"에이, 씨!"

경환이는 운동화를 구겨 신고 밖으로 나갔다. 현관문이 쾅 소리 나게 닫혔다. 나는 자리에 주저앉았다.

"경환이를 잘 돌봐라."

아빠 목소리가 들렸다.

"네가 누나잖아. 조금만 참지."

"왜 항상 나만 참아요? 언제까지 참으라고요!"

"……"

아빠 목소리는 더 이상 들리지 않았다.

그날 밤 경환이는 돌아오지 않았다. 그나마 외투라도 입고 나가서 다행이었지만 방학 중이라는 게 나를 불안하게 했다. 경환이가 돌아오기를 기다리면서 나는 밤새 잠들지 못했다.

꽃과 잡초

휴대폰의 진동이 짧게 울렸다. 문자 메시지가 온 것 같았다. 점퍼 주머니에 있는 휴대폰을 꺼내는 대신, 나는 점장의 눈치만 살폈다. 점장은 아까부터 같은 말을 반복하면서 결정을 망설이는 것 같았다.

"자퇴라…… 카운터 서비스가 쉬운 게 아닌데."

점장이 혼잣말처럼 되뇌었다.

"빵집에서도 카운터 봤거든요. 주유소에서 일해봐서 몸으로 때우는 일도 자신 있고요. 시간도 아무 때나 가능해요. 길수록 좋아요. 클로징 시간도 되고요."

더 이상 기다리지 못하고 내가 먼저 말을 꺼냈다. 점장은 결심이 섰는지 내 이력서를 파일 사이에 끼워 넣었다.

"바로 나올 수 있지? 갑자기 그만두는 학생이 있어서."

"네, 바로 나올게요."

"요즘 애들은 진득하게 일하는 걸 못 봤어."

점장은 나에게 하고 싶은 애기를 돌려 말했다.

인근에 전철역이 있어서 가게 안은 빈자리를 찾기 어려울 정도로 사람이 많았다. 햄버거를 입으로 가져가는 사람들의 얼굴이 우악스럽게 일그러졌다.

밖으로 나와 휴대폰을 확인했다. 지수가 계속 메시지를 보내고 있었다. 내가 찾을 때는 연락도 없더니 학원에 나온 모양이었다. 학원에 나가지 않은 지 벌써 며칠째. 애순 아줌마한테 열 번도 넘게 전화가 왔다. 담임과 상담 선생님도 여러 번 전화를 했다. 받아도 뭐라고 말해야 할지 알 수 없었지만 딱히 피한 것도 아니었다. 전화가 울릴 때는 공교롭게도 버스를 타기 위해 뛰거나 면접을 보고 있을 때였고, 받지 못한 전화의 통화 버튼을 다시 누르고 싶지 않았을 뿐이다.

학원은 어떨까. 모두 아무렇지 않게 공부를 하겠지. 촬영은 다 끝났을까. 그때 제대로 인터뷰를 하지 않아서 차라리 다행이라는 생각이 들었다. 중간에 포기하고 나왔는데 인터뷰만 그럴듯하게 나오는 것도 우스울 테니.

아저씨는 여전히 빵을 굽고 있을지 궁금했다. 손님과의 일은 어떻게 됐는지, 혹시 나 때문에 더 난처해지지는 않았는지. 그날 그렇게 뛰쳐나온 걸 후회하다가도 아저씨의 말이 서운하다는 생각이 시소처럼 왔다 갔다 했다. 네가 옳았다고 말해주기를 바랐지만 아저씨에게서 연락은 없었다.

그날 이후로 나는 빵집 근처에 가지 않았다. 아저씨를 마주할 자신도 없었고 불안하게 깜빡이는 간판도 더 이상 보고 싶지 않았다.

경환이도 소식이 없었다. 합의금을 요구했던 아이의 엄마에게서는 다행히 전화가 오지 않았다. 이대로 끝이 난 걸까 생각했지만 언제라도 다시 나타나 백만 원을 당장 내놓으라고 할 것 같았다. 그사이 나는 경환이를 찾아다녔다. 도서관이며 피시방까지 다 뒤졌지만 경환이의 모습은 보이지 않았다. 연락을 받은 경환이의 담임은 워낙 모범생이니 곧 돌아올 거라면서 시큰둥하게 대답했다. 방학 중인 데다 학년이 바뀌기 전의 어중간한 시기라 크게 신경 쓰지 않는 듯했다. 경환이랑 친한 친구들의 전화번호조차 모르고 있었다는 사실을 뒤늦게 깨달았다. 친한 친구가 있기나 한 걸까. 생각해보니 경환이에게 친구 얘기를 들은 적이 거의 없었다. 혹시 왕따는 아니었을까. 이제 와서 별의별 생각이 다 들었다. 경환이를 돌보라는 아빠의 말. 그 말이 나에게 굴레가 되었다고만 생각했지, 경환이에게 한쪽 마음을 기대고 있었다는 걸 알지 못했다.

교복을 입은 학생들의 모습이 환상처럼 멀게 느껴졌다. 나와 다른 세계에 살고 있는 아이들. 그 아이들은 꽃과 같았다. 이제 막 봉오리가 맺힌 꽃. 정원사는 매일 꽃에 물을 주고 흙을 다듬어준다. 잘 자랄 수 있게 음악을 틀고 말을 걸어준다. 나는 바닥에서 꽃을 올려다보며 꽃들의 이파리에 가려진 조각난 햇빛만을 볼 수 있었다. 누구도 여기 있는 나를 보지 못했다. 나는 꽃들 사이에 가려져 그렇게 시들어가고 있었다.

나는 더 이상 하늘을 보지 않았다. 하늘은 그냥 하늘일 뿐이다. 모든 것은 나랑 아무 상관없이 돌고 돌 뿐이었다. 내가 여기 있는지도 모른 채, 여기 있다는 것을 알아도 나를 돌아보지 않고 그렇게 지나갔다.

휴대폰 진동이 다시 울렸다. 지수였다. 나는 바로 통화 버튼을 눌렀다.

"뭐야?"

내가 먼저 물었다.

"너야말로 뭐야?"

지수가 되물었다. 학원에 와서 내 소식을 들은 모양이었다. 나는 지수에게 새로 일하게 된 패스트푸드점 위치를 알려주었다. 지수는 토요일 저녁에 나를 만나러 오겠다고 했다.

"주문하신 버거 세트 나왔습니다. 다음 분 주문 도와드……"

애순 아줌마와 지수가 서 있었다. 나는 지수를 향해 눈을 흘겼지만 지수는 어쩔 수 없었다는 표정을 지어 보였다.

"여기서 뭐하는 거니?"

애순 아줌마 목소리에 날이 서 있었다.

"주문하세요."

"담임이 엄청 걱정하는 거 몰라? 구자혁 사장님은 어떻고? 전화는 왜 안 받아? 너나 지수나 애들이 왜 다 이 모양이니?"

“주문 안 하실 거면 비켜주세요. 뒤에서 손님 기다리시거든요.”

애순 아줌마가 뒤를 흘끗 돌아보았다.

“불고기 버거 세트 둘 줘. 너 알바 몇 시에 끝나?”

손가락으로 모니터를 꾹꾹 눌렀다.

“만 천 원입니다.”

“뭐가 이렇게 비싸?”

애순 아줌마가 지갑을 열면서 투덜거렸다.

“잠시 기다려주시면 주문하신 버거 세트 준비해드리겠습니다.”

“몇 시에 끝나냐고?”

아줌마가 목청을 높였다. 뒤에 있는 손님이 짜증스럽게 애순 아줌마와 나를 보았다.

“햄버거 먹고 있으면 갈 테니까 좀 비켜요.”

애순 아줌마는 그제야 뒷사람에게 자리를 내주었다.

애순 아줌마와 지수는 매장의 구석에 앉아 햄버거를 다 먹고 나서도 한참 동안 나를 기다렸다. 나는 잠시 짬을 내서 애순 아줌마와 지수가 있는 테이블로 갔다.

“좀 앉아봐.”

“점장한테 걸리면 잘려요. 빨랑 말해요.”

나는 선 채로 애순 아줌마를 내려다보았다. 지수가 머쓱한 얼굴이 되었다.

“니가 지금 여기서 이럴 때야? 학원은 왜 안 와? 빵집 놔두고 왜 여기서 일하는 건데?”

아줌마는 다행히 자세한 사정은 모르는 것 같았다. 그것까지 알면 더 난리를 칠 게 뻔했다.

"둘 다 이제 안 가요."

"공부 안 할 거야?"

"혼자 해요."

"시험 얼마 안 남았어."

"아줌마 공부나 신경 써요."

"너 자꾸 삐딱하게 이럴래? 학원에 공부만 하러 오는 거 아니잖아? 다들 너 걱정하는 거 몰라?"

"저 바빠요. 여기 제 직장이고 밥줄이거든요."

아줌마는 속이 탔는지 콜라를 들이켰다.

"넌 어디서 뭐했어?"

이번에는 내가 지수에게 물었다. 나와 아줌마 사이에 끼어 눈치만 보고 있던 지수가 머뭇거렸다.

"나? 그냥…… 좀 아파서 병원 갔었어."

"어디가 아파서? 지금은 괜찮은 것 같은데."

"다 나았지."

"그렇다고 전화도 안 받냐? 베프라는 말 다시는 하지 마라."

"미안."

점장이 들어오고 있어서 나는 더 길게 얘기할 수 없었다. 자리로 돌아와서 점장 모르게 지수에게 문자를 보냈다.

아줌마 보내고 꽃사슴에서 기다려.

OK

알바가 끝나자마자 나는 꽃사슴으로 갔다. 지수가 기다리고 있었다. 우리는 라면 둘을 시켰다.

"너랑 연락됐다고 했더니 자기도 오겠다고 난리잖아. 아침부터 문자 날리고. 장난 아니었다니까."

지수가 변명했다.

"그래도 애순 아줌마는 대단한 거 같아. 낮엔 일하지, 밤엔 공부하지. 또 미용 자격증 따겠다고 그러지. 그 와중에 오지랖까지 넓은 거 보면."

지수의 말을 나도 어느 정도는 인정한다. 일하면서 공부를 한다는 게 얼마나 어려운지 해본 사람은 안다.

"남 신경 쓸 시간에 공부를 했으면 아마 검정고시 전국 수석 할 거야."

"아줌마는 전국 수석보다 남 일 신경 쓰는 게 더 중요한 사람이야. 그리고 아줌마 머리 별로 안 좋아. 틀린 문제 맨날 또 틀려. 왕언니 아줌마랑 아주 쌍벽을 이룬다니까."

지수가 애교 넘치는 눈웃음을 지었다. 꽃사슴 분식집하고는 정말 안 어울리는 애다. 그냥 꽃사슴이라면 몰라도.

"근데 미용 자격증은 나이 제한 같은 거 없나?"

내가 물었다.

"그런가 보지. 헤어 디자이너가 꿈이라니까."

"그 나이에 꿈은 무슨."

말은 시큰둥하게 했지만 나는 아줌마의 꿈이 조금 부러웠다. 아줌마 나이에도 꿈을 꿀 수 있다는 사실이. 처음에는 이해하지 못했지만 어렴풋이 알 것 같기도 했다. 아직 멀게만 느껴지는 나이. 나도 언젠가는 이십 대가 되고 삼십 대, 사십 대가 되겠지만 나는 내 미래를 그려본 적이 없었다. 뭔가를 하고 싶다, 되고 싶다, 라는 생각을 해보지 못했다. 나에게는 당장 먹을 쌀과 밀린 방값이 필요했고 지금은 경환이의 합의금을 해결하는 게 최대의 목표고 꿈이다. 그런데 그런 것도 꿈이라고 할 수 있을까.

라면이 나왔고 지수와 나는 말없이 라면을 먹었다. 오래전 포장마차에서 아빠가 말아준 국수가 떠오르는가 싶더니…… 양수가 생각났다. 양수를 만난 지가 한참 되었다. 또 시험인가.

"참, 담임이 너 꼭 데려오래."

"이제 안 간다니까."

"직접 얘기해."

"잔말 말고 나오라고 할 게 뻔한데 뭐하러 얘기해?"

"너 때문에 나만 피곤해. 나만 보면 미나 왜 안 오냐고 다들 물어보잖아."

"너 안 나왔을 때 나도 피곤했거든. 우리가 무슨 한집에 사는 자매라도 되는 줄 아나."

"자매도 서로 얼굴 보기 힘들어."

지수는 젓가락을 내려놓았다. 지수의 언니는 과학 고등학교를 졸업하고 일류 대학에 들어갔고 지금은 대학원생이다. 연구를 핑계 삼아 집에 들어오지 않는 날이 많은 데다 들어와도 지수와는 말도 잘 섞지 않는다고 했다. 언니의 기준으로는 지수가 이해 안 되는 동생임이 틀림없었다. 공부로만 본다면 나와 경환이의 경우와 다르지 않았다. "언니는 똑똑한데 너는 왜?"라는 사람들의 말을 지수는 끔찍이 싫어했다. 언니는 다른 재능이 없어서 할 수 있는 게 공부밖에 없다는 게 지수의 주장이었다.

"근데 넌 어디가 아팠는데?"

"사실은 안 아팠어."

"병원 갔었다며?"

지수가 쉽게 말을 꺼내지 못했다.

"잠이 안 와서 약을 좀 먹었어."

"뭐?"

나도 모르게 지수의 등짝을 갈겼다.

"아!"

지수가 손으로 닿지도 않는 등을 만졌다.

"왜 그랬는데?"

"잠이 안 와서 그랬다니까? 설마 내가 죽기라도 할까 봐? 미쳤냐? 아직 제대로 빛도 못 봤는데 내가 왜?"

"근데 왜 병원까지 가?"

“그게…… 약을 먹긴 먹었는데 몇 알을 먹었는지 모르겠더라고. 그냥, 손에 잡히는 대로 집어넣었어.”

지수의 화사한 얼굴도 어두워질 수 있다는 게 새삼스러웠다.

“하루 종일 신발 화보 촬영하느라 제대로 앉지도 못했거든. 그래도 오랜만에 하는 브랜드 촬영이라 메이크업이랑 의상이랑 얼마나 신경 썼다고. 근데 사진 보니까 내 다리만 나온 거 있지. 진짜 나는 없는 거야. 난 다리 모델이 아닌데. 밤이 돼도 잠은 안 오고 머릿속이 말똥말똥하잖아.”

항상 화려하고 빛이 나는 아이지만 그건 겉모습뿐일지 모른다. 초등학교 때부터 연예 기획사와 방송 오디션에 끌려다니면서 학교와 친구들과도 멀어졌다고 했다. 그런데도 지수는 제대로 된 역할을 해보지 못했다. 최근에 같은 기획사에 있는 친구가 영화에 주연으로 캐스팅되면서 많이 실망하고 있던 차였다. 친구의 기분을 충분히 이해할 수 있었다.

“지금은 괜찮은 거야?”

“당연하지. 그날 새벽에 응급실에서 위세척하느라 얼마나 힘들었는데. 다시는 수면제 안 먹어.”

지수는 말하고 나서 킥킥 소리 내어 웃었다.

“그 바람에 언니만 엄청 혼났잖아. 수면제가 언니 거였거든. 쌤통이지.”

지수의 말에 나도 그만 웃고 말았다.

양수에게 전화가 온 것은 지수와 헤어지고 집에 막 다다랐을 때였다. 경환이가 돌아왔을지도 모른다는 기대를 하며 집으로 왔지만 뿌연 유리창은 불이 꺼져 있어 어두웠다. 열쇠를 꺼내 열쇠 구멍에 집어넣을 때 전화가 울렸다. 양수가 이 시간에 전화를 거는 경우는 거의 없었다. 학원 수업이 끝나는 늦은 시간에는 주로 문자 메시지를 보내곤 했다.

양수는 내 이름을 부르더니 아무 말이 없었다.

"전화를 했으면 말을 해."

"……"

"나 지금 무지 피곤하거든."

현관문을 열고 들어와서 스위치를 올렸다. 순간 자리에 멈춰 섰다. 현관의 슬리퍼 한 짝이 비뚤게 놓여 있었다. 그리고 싱크대 위에 놓인 빈 그릇들.

"양수야, 미안."

나는 전화를 끊고 서둘러 신발을 벗었다.

방문을 열었다. 아무도 없었다. 스위치를 올리자 여기저기 옷가지들이 널려 있었다.

좁은 집 안에 경환이는 없었다. 경환이가 남기고 간 흔적만 있을 뿐. 일부러 내가 없는 틈을 타서 집에 다녀간 모양이었다. 밥통에 남은 밥을 먹고 미처 챙겨가지 못한 옷가지들을 가지고 나간 것 같았다. 나는 다시 방으로 들어갔다. 경환이의 옷과 이불들이 주인의 냄새를 풍기고 있었다. 작정을 하고 나간 게 틀림없다. 그날 내가 너무 몰아붙였나. 돌아서는 경환이를 붙잡지 못한 게 후회되었다.

경환이는 전화도 받지 않았고 메시지를 보내도 답이 없었다. '미안하다. 모든 걸 용서할 테니 돌아와라'라는 식상한 문장이 절실하게 다가왔다. 개학 때까지 돌아오지 않으면 어쩌지? 그사이 무슨 일이라도 생긴다면? 하루의 피곤이 걱정으로 바뀌면서 나는 경환이의 흔적이 남아 있는 방에 그대로 쓰러지다시피 누웠다. 잠으로 점점 빠져들면서도 나는 경환이를 찾아야 한다고 생각했다. 경찰서에 신고를 하고, 친구들 전화번호를 찾아보고, 경환이의 소지품을 뒤져서 뭐라도 알아내야 했다. 이전과는 또 다른 가출이라는 불길한 생각이 엄습했다. 하지만 내 의식은 점점 현실과 멀어졌다. 내가 견딜 수 있는 한계를 초과한 육체는 점점 꺼져 내려갔다. 경환이의 체취가 묻은 이불을 끌어다 덮으며 나는 마지막으로 현관 쪽을 겨우 바라보았다. 새벽에라도 경환이가 저 문을 열고 돌아와주기를 바라면서.

누나가 잘못했다. 모든 걸 용서할 테니 제발 돌아와라.

자유이용권

몇 번을 망설인 끝에 양수에게 문자를 보냈다. 양수는 전보다 나를 만나러 오는 횟수가 줄었다. 그러다가 어느 날 불쑥 찾아올 수도 있어서 나는 빵집과 학원을 그만뒀다는 얘기를 전했다. 얼마 전 통화가 마음에 걸린 데다가 무작정 찾아와 기다리고 있을 양수에 대한 배려였지만 답장은 없었다. 패스트푸드점 앞에서 양수를 만난 건 그래서 좀 뜻밖이었다.

"새로 일하는 데가 어딘지 친구한테 물어봤어. 그 예쁘게 생긴……"

어떻게 알았냐고 묻자 양수가 얘기하다가 말끝을 흐렸다.

"너한테 물어봤자 어차피 안 가르쳐줄 거 같아서."

내 뒤를 따라오며 양수가 설명했다. 지수가 예쁜 건 알지만 양수에게 그 얘기를 듣자 은근히 기분이 상했다.

우리는 한동안 말없이 걷기만 했다. 복잡한 마음을 털어놓고 싶다가도 한편으로는 철저하게 감추고 싶었다. 누군가에게 의지하고 싶다는 생각이 들수록 나는 자꾸 나만의 동굴로 들어갔다. 말을 꺼내는 순간, 나도 모르게 내 안에 쌓인 모든 것이 터져 나올 것만 같았다. 약한 모습을 보이고 나면 다시는 양수를 볼 수 없을지도 모른다.

"왜 그만둔 거야?"

"학원은 안 가도 되니까. 빵집은 짜증 나서."

의외로 양수는 고개를 끄덕였다.

"바로 다른 일을 구해서 다행이네. 공부는 필요하면 내가 도와줄 수도 있는데……"

"다행? 하긴 너랑 무슨 얘길 하겠니. 온실의 화초 같은 애가 어떻게 이해하겠어."

말은 그렇게 했지만 양수한테 고마운 마음이 들었다. 내가 잘못했다고 말해주지 않아서. 괜찮다고, 그럴 수도 있다고, 나는 그런 말이 듣고 싶었다. 아저씨를 위해 빵을 나누어준 것도, 빵집에서 손님한테 사과하지 않은 것도, 경환이를 몰아붙인 것도, 학원을 그만둔 것도. 모두 내 잘못이 아니라고 말해주면 좋겠다.

마음이 약해져서일까. 나는 양수에게 자꾸 내 얘기가 하고 싶어졌다.

"라면 먹을래?"

걸음을 멈추고 양수에게 물었다. 당연히 좋아할 거라고 생각했는데 양수는 고개를 저었다. 당황스러웠다. 내 제안을 양수가 거절한 건 처음이었다.

"아니. 바로 가야 돼."

"바쁘신 몸이 뭐하러 왔어?"

양수의 말에 녹아내릴 것 같던 마음이 조각조각 깨져버렸다.

"잠깐 얼굴이라도 보려고."

눈만 마주쳐도 얼굴이 벌게져서 고개를 돌리던 애가 오늘은 내 눈길을 피하지 않았다. 지난번에 같이 라면을 먹어줬더니 자신감이라도 생긴 걸까. 먼저 시선을 돌린 건 오히려 나였다.

"알았어, 가."

양수가 돌아서는 내 팔을 잡았다.

"주말에 뭐해?"

"내가 주말이 어딨어? 다른 알바 구해서 시간 채워야 해."

"이번 주만 쉬어."

"속 편한 소리 한다."

"같이 놀이공원 가자."

나는 풋 웃음을 터뜨렸다. 이렇게 진지한 표정으로 하려는 얘기가 겨우 그런 거였다니.

"바이킹 타다가 얼어 죽을 일 있냐?"

"실내 놀이공원 있잖아. 일요일 한 시에 입구에서 보자."

"야, 나는……"

"양수 아니냐?"

갑자기 들려온 목소리에 나와 양수가 동시에 돌아보았다. 차 안에서 웬 남자가 창문을 내리고 우리를 보고 있었다. 양수가 잡고 있던 내 팔을 스르륵 놓았다. 남자가 비상등을 켜고 차에서 내렸다. 키가 크고 풍채가 좋은 남자였다. 말끔한 양복을 입은 중년의 남자는 날카로운 인상으로 한눈에 보기에도 범접할 수 없는 위엄 같은 게 느껴졌다.

"학원에 있어야 할 시간 아니냐?"

남자가 양수를 보고 말했다. 아버지가 군인이라던 양수의 말이 떠올랐다. 군복이 꽤 잘 어울릴 것 같은 남자였다.

"지금 가는 길이에요."

양수의 목소리가 너무 작아서 바로 옆에 있는 내 귀에도 겨우 들릴 정도였다. 양수를 바라보던 남자의 시선이 나에게 꽂혔다. 갑작스러운 상황에 당황해서 나는 어정쩡한 인사를 했다.

"그런데 여기서 뭐하는 거냐?"

양수의 아버지는 눈으로는 나를 보면서 양수에게 물었다. 양수는 대답을 하지 못했다.

"우리 양수랑 같은 학교에 다니나? 아니면 학원?"

양수 아버지는 나에게 질문을 하는 게 더 빠를 거라고 판단한 모양이었다. 주눅 들면 안 될 것 같아 나는 양수 아버지의 눈을 피하지 않았다.

"양수랑 학교에서 같은 반이었어요."

"같은 반이었다면, 지금은 아니라는 얘기구나."

뭔가 말려들어가는 느낌이었다. 양수의 얼굴은 아까와 다르게 불안한 기색이 역력했다. 언젠가 보았던 그 얼굴이 떠올랐다. 아이들이 양수를 둘러싸고 있을 때 보였던 그 표정. 나로 하여금 참을 수 없는 분노와 용기가 생기게 했던 그 얼굴.

"네. 지금은 아닙니다."

"지금은 아니면?"

"저는 학교를 그만뒀습니다."

이 말은 안 하는 편이 나았을지도 모른다. 그래도 꼭 해야 할 말 같았다. 학교를 안 다니는 게 죄를 지은 건 아니니까. 양수 아버지의 얼굴은 변함이 없었다. 고개까지 끄덕였다. 마치 나를 이해한다는 듯이.

"학생은 아니라……"

"모든 청소년이 다 학교에 다니는 건 아니니까요."

나도 모르게 튀어나온 말. 양수 아버지의 표정이 미세하게 변했다.

"그렇겠지."

양수 아버지가 곧이어 양수를 보았다.

"학원까지 데려다줄 테니까 차에 타라."

양수 아버지는 나를 잠깐 보더니 그대로 돌아섰다. 고개를 숙여 인사할 겨를도 주지 않았다. 양수도 아무 말 없이 차에 올라탔다. 진하게 선팅이 된 차 유리 밖으로 양수의 얼굴은 보이지 않았다.

나는 다시 걸었다. 차들이 멀어지고 사람들이 스쳐 지나갔다. 거리는 어두웠지만 여기저기서 흘러나오는 빛 때문에 주변은 밝았다. 어두워졌다가 밝아졌고, 다시 어두워졌다. 몸이 으스스 떨렸다. 찬 기운이 몸 구석구석을 타고 내려갔다. 어디에도 없는 따뜻함. 나를 녹일 수 있는 것은 없었다.

가질 수 없는 것을 욕심 내는 일이 어떤 것인지 나는 잘 알았다. 욕망과 결핍은 비례했다. 어느 것이 먼저인지는 알 수 없지만 그 둘은 항상 함께 다녔다. 결핍이 더 커지지 않게 하기 위해서 나는 어떤 일에도 욕심을 부리지 않았다. 다른 사람이 가진 걸 부러워하지도 않았다. 오히려 원하는 걸 손에 넣는 사람들을 바라보는 일이 나에게는 더 익숙했다. 그건 어차피 내 것이 아니니까. 그런 점에서 나는 사람들에게 관대했다. 다른 사람들이 가진 것을 시기하지 않았다. 하지만 사람들은 나를 이해하지 못했다. 당연한 것이 당연하지 않을 수 있다는 것을 그들은 받아들이지 않았다. 그건 내 잘못이 아니고 다른 누구의 잘못도 아닌데. 그건 그냥 이쪽과 저쪽일 뿐인데, 그들은 인정하지 않았다. 마치 모든 게 내 잘못이기나 한 것처럼.

한참을 걸어서 나는 오랜만에 그 자리에 섰다. 매일 바라보았던 곳. 불안하게 빛나던 빵집의 간판. 구자혁 빵집이 보였다. 코끝을 간질이는 냄새, 혀에 감기는 부드러운 촉감, 식도를 타고 넘어가는 순간의 느낌까지 모든 것이 생생했다. 건너편 베이커리의 크고 화려한 간판 앞에서 구자혁 빵집은 힘없이 버티고 있었다. 그래도 아저씨는 빵을 굽고 있겠지.

어렵게 자격을 얻은 반죽들이 오븐 안에서 천천히 부풀어 오르는 모습이 눈에 선했다.

“경이로운 순간이지.”

아저씨는 그렇게 말했다.

“여기까지 오는 과정은 힘들지만, 결국 이렇게 부풀어 오르는구나.”

“발효액종을 밀가루랑 섞어주는 원종 단계에서도 부풀었잖아요. 하지만 그땐 오븐에 들어가는 게 아니라면서요.”

내 말에 아저씨는 전에 없이 소리 내어 웃었다.

“당연하지. 그건 진짜 반죽을 만들기 위해서 거쳐 가는 단계지, 그 자체가 빵이 될 수는 없어. 그때 부풀어 오른 반죽은 다시 여러 번 밀가루랑 섞어줘야 해. 숨을 죽인 반죽이 다시 발효돼서 올라올 수 있도록. 겉으로 보기에는 비슷해 보여도 그건 이전과는 분명 다른 반죽이다. 숙성 과정을 거치면서 훨씬 활발하게 발효가 진행되고 있는 거거든. 그런 과정을 거치고 나서야 비로소 최종 원종이 되는 거고, 거기에 빵을 만들 나머지 재료를 섞어주는 거지. 최종 발효 때에도 중간중간 가스를 빼주면서 반죽을 살펴야 해. 사정없이 부풀어 오른다고 좋은 게 아니니까.”

“너무 복잡해요.”

“우리 인생이랑 똑같지? 이해하기가 좀 어려워. 하지만 빵은 곧 이해거든. 이해만 하면 받아들이는 건 생각보다 어렵지 않아.”

내 물음에 아저씨가 대답했다. 그때쯤에는 아저씨가 하는 모든 말이 빵과 연관된다는 것과 빵에 대한 얘기를 할 때는 외계어를 쓴다는 걸 알았기 때문에 나는 이해하는 척 고개를 끄덕였다.

아저씨는 빵과 소통하고 빵을 이해하는 사람이었다. 성형을 하거나 쿠프를 넣을 때는 빵이 예술이라고 했다가, 건포도나 과일로 액종을 만들 때는 빵이 과학이라고 했다. 최종 반죽을 발효시킬 때는 빵을 기다림이라고 했는데, 그 순간의 기다림이 가장 중요하다고도 했다. 거의 다 왔을 때, 성급해지지 않아야 한다면서.

"시간에 대해서는 내가 할 일이 없다. 빵이 필요로 하는 시간을 주고 기다리는 것밖에는. 빵이 얼마의 시간을 필요로 한다면, 그건 이유가 있는 거니까."

빵과 기다림이라…… 아저씨는 빵을 만드는 모든 과정에 의미를 부여했다.

"저도 이렇게 저울로 잴 수 있는 인간이면 좋겠어요."

아저씨가 재료를 저울에 올릴 때 내가 말했다. 아저씨는 무슨 소리냐고 물었다. 몸무게라면 언제든지 잴 수 있다고 하면서. 나는 아저씨 옆에서 키득거리고 웃었다.

"밀가루 몇 그램, 물 몇 그램, 이런 것처럼요. 나란 인간이 정확한 분량대로 만들어졌다면 좋았을 것 같아요. 열정 몇 그램, 능력 몇 그램, 뭐 이런 식으로요."

"끔찍한 얘기다. 빵이 만들어지는 과정이 인생이라고 했지, 인간이라고는 안 했다."

"인생을 사는 게 인간이잖아요."

"그러니까 만들어가는 거지. 열정이며 능력이며 이미 너한테 다 있는 것들이야. 저울에 올릴 수는 없어도 누구나 다 가지고 있지. 필요하면 얼마든지 꺼내 쓰면서 부풀어 오르고 가라앉는 과정을 반복하고. 그러다 보면 오븐에 들어가는 순간이 오는 것처럼, 그게 인생이지. 오븐에 들어가서는 그동안 준비한 만큼 마음껏 부풀어 오르는 거야. 멋지지?"

"노래하는 바게트가 되기 위해서요?"

"이제야 좀 이해를 하는구나."

나를 대견하게 바라보던 아저씨의 미소. 작업대 위에서 움직이던 아저씨의 손과 반죽들. 아저씨의 외계어 같은 말들이 생각나서 나도 모르게 씁쓸한 웃음이 떠올랐다.

갑자기 아저씨의 빵이 그립다는 생각이 들 때, 빵집 문이 열리고 아저씨가 밖으로 나왔다. 나는 반사적으로 다른 사람의 등 뒤로 몸을 숨겼다. 아저씨는 어딘지 모를 먼 곳을 응시하다가 불안하게 불을 밝히고 있는 간판을 바라보았다. 겉으로 보기에 빵집과 아저씨는 변함없었다. 잠시 그렇게 서성이던 아저씨가 빵집 안으로 들어갔고, 이어서 간판과 가게의 불이 꺼졌다. 다시 밖으로 나온 아저씨는 가게 문을 잠그고는 건물 입구로 들어갔다. 아마도 이 층으로 올라가는 것 같았다. 가게 문을 닫기에는 이른 시간이었다. 빵이 아직 많이 남았을 텐데……

생각을 떨치기 위해 고개를 저었다. 이제는 나랑 상관없는 일이었다. 구자혁 빵집도, 대검 3반 사람들도. 모든 것이 한꺼번에 쑥 빠져나간 것처럼 나는 그렇게 텅 비어가고 있었다.

양수에게는 연락이 없었다. 양수와 놀이공원에서 만나기로 했던 약속 따위는 잊어버리고 있었다. 처음부터 나갈 생각도 없었다. 아니, 대답을 하지 않았으니까 약속이라고 할 수도 없었다. 패스트푸드점에서 일하는 것만으로는 시간이 많이 비었다. 그 시간을 채울 일과 돈이 필요했고 나는 그만큼 여유가 없었다. 경환이를 찾아야 했고 언제 백만 원을 내놓으라고 할지 모르는 아이의 엄마 때문에도 마음이 조급했다.

그런데…… 내가 놀이공원에 간 건 순전히 아직 새 일자리를 구하지 못했기 때문이다.

"우린 미성년자 안 뽑아."

"보호자 동의가 있어야 하는데."

이유도 가지가지였다.

"혹시 필요하시면 연락 주세요. 제 이력서거든요."

무조건 이력서를 들이밀어봤지만 이력서조차 받지 않는 곳도 많았다. 품고 나간 이력서는 줄어드는데 내가 갈 곳은 마땅치가 않았다. 아르바이트를 구하다 보면 운 좋게 금방 자리가 생기는 경우도 있었지만, 비집고 들어가려고 해도 나 하나 있을 곳이 없을 때도 있었다. 지금이 그랬고 그렇게 며칠이 지났다. 이력서를 넣은 곳 어디에서도 연락이 오지 않았고, 일요일이 되었고, 나는 양수의 말이 생각났다.

휴대폰에 용기를 내서 문자를 찍었다. 뭐라고 해야 할지 몰라 몇 번이나 지웠다가 다시 썼다.

아직 새 알바 못 구했어. 오늘 하루 내가 희생한다. 대신 니가 쏘는 거다.

염치없다는 생각이 들었지만, 고민하지 않은 티를 내야 했기 때문에 평소에 하듯이 가벼운 투로 썼다. 한참을 기다렸지만 답장은 오지 않았다.

잘못 보냈나 싶어 확인했다. 양양수. 정확하게 저장되어 있는 번호였고 전에 주고받은 메시지도 남아 있었다. 그 순간 양수를 차에 태우고 가던 양수의 아버지가 생각났다.

"우리 아버지는 완전 군대식이야. 일종의 직업병이지. 아버지 명령에 절대 복종! 군대에서 명령에 불복종하면 어떻게 되는지 알아?"

"꼭 군대에 갔다 온 것처럼 말한다?"

내 말에 양수는 대답을 하지 않았다. 하지만 나도 그 정도는 안다. 군대가 많이 바뀌었다고는 해도 그 서열과 권위는 짐작이 갔다. 그렇다고 집에서까지 군대식으로 한다는 건 이해가 되지 않았지만.

집을 나와서 전철을 탄 것은 집에 있고 싶지 않았기 때문이다. 주인아주머니가 이사 날짜를 확인하러 내려왔다. 이제 와서 사정을 한다는 게 우습기는 했지만 달리 방법이 없어 간청해보았다. 아주머니는 이미 들어올 사람이 정해졌고 그 사람들과의 계약 때문에라도 더는 봐줄 수가 없다고 했다.

"어린 학생들이라 나도 마음이 편치 않은데 어쩔 수가 없네. 어디 고시원이라도 알아보지 그래? 짐도 얼마 없는데."

주인아주머니가 밀린 월세를 받지 않는 것만으로도 우리에게는 감사할 일이었다. 하지만 세상이 베푸는 호의는 거기까지였다.

주인아주머니가 올라가고 나서 나는 집 안을 서성였다. 지수에게 연락을 해볼까. '돈'이라는 글자를 몇 번이나 휴대폰 메시지 칸에 썼다가 지웠다. 지난번에 빌린 돈도 갚지 못했다. 용돈을 모아둔 거라고 하면서 천천히 갚으라고는 했지만 또 부탁할 용기가 나지 않았다. 애순 아줌마도 잠시 떠올랐다. 오지랖이 넓으니까 도와줄지도 모르지만 학원도 그만둔 마당에 돈 얘기를 꺼내기가 쉽지 않았다. 아줌마랑 엮이고 싶지도 않았다. 경환이가 있었더라면 어땠을까. 공부만 하는 경환이가 아무 도움이 안 된다고 생각했는데 빈자리가 이렇게 클 줄 몰랐다.

오전 내내 고민하고 망설이다가 무작정 집을 나섰다. 나도 모르게 양수랑 약속한 장소로 가는 전철을 탔고 놀이공원이 있는 역에서 내렸다. 주말 오후답게 사람이 많았다. 친구들, 연인들, 부모의 손을 잡은 아이들. 모두가 행복한 세상에 사는 행복한 사람들 같았다. 거기에 내가 들어갈 틈이 있기는 한 걸까.

놀이공원의 매표소에는 줄이 길게 늘어서 있었다. 사람이 많아서 양수가 와도 나를 찾지 못할까 봐 나는 입구에서 가장 가까운 쪽에 자리를 잡았다. 양수는 자기가 한 말을 잊어버리는 아이가 아니었다. 답장은 없었지만 당장이라도 나타나서 내 어깨를 두드릴 것 같았다.

열두 시 오십 분이었다. 약속 시간이 다가오자, 어쩌면 양수에게 무슨 일이 생겼을지도 모른다는 생각이 들었다. 그게 나 때문일 수도 있다는 느낌이 들었던 건, 그날 본 양수 아버지의 얼굴이 하얀 셔츠에 묻은 얼룩처럼 선명했기 때문이다.

나는 입구에 서서 지나가는 사람들을 놓치지 않고 보았다. 한 시. 그리고 한 시 십 분이 지나고 또 십 분이 지났다. 양수는 나타나지 않았다. 혹시 왔는데 서로 보지 못한 건 아닐까 싶어 사람들이 몰려들 때마다 자리를 옮겼다. 하지만 양수는 끝내 모습을 보이지 않았다. 한 시간이 지났다. 나는 가까운 현금인출기로 갔다. 만 원 단위까지 돈을 모두 찾았다. 그러고는 매표소로 가, 찾은 돈의 반으로 자유이용권을 샀다.

자유이용권.

나는 이 말이 마음에 들었다. 마치 다른 세계로 가는 표를 손에 쥔 느낌이었다. 나는 놀이공원에서 마음껏 자유를 누릴 셈이었다.

하지만 그 기대는 곧 깨졌다. 일요일 오후의 놀이공원은 자유롭지 못했다. 놀이기구를 하나 타려면 최소 몇 분에서 길게는 한 시간이 넘게 기다려야 했다. 자유이용권으로 자유롭게 이용할 수 있는 것은 없었다. 배신감이 들었다. 야외로 나갔다. 날이 추워서 야외는 실내보다 사람이 적었다. 줄이 짧은 놀이기구 몇 가지를 골랐다. 공중까지 올라갔다가 어느 순간 훅 떨어져 내려오는 놀이기구를 탔다. 너무 추워서 눈물이 날 지경이었다. 놀이기구가 바닥으로 떨어질 때, 두 팔을 올리고 있는 힘껏 소리를 질렀다.

"으아악!"

내 비명에 귀가 아플 지경이었지만 누구도 뭐라고 하지 않았다. 이곳에서만 허용되는 자유. 유일하게 마음에 들었다. 나는 같은 놀이기구만 연달아 세 번을 탔다.

"괜찮으세요?"

나중에는 직원이 걱정스레 물었다. 나는 고개를 끄덕이고 다시 소리를 질러댔다.

온몸이 얼어 얼굴 근육도 제대로 움직이지 않았다. 다시 실내로 들어왔지만 여전히 사람들로 북적댔다.

따끈한 우동을 한 그릇 시켰다. 내가 먹어본 우동 중에서 가장 비쌌지만 맛은 별로였다. '미나네'에서 아빠가 말아주던 국수에 비하면 비교도 안 되는 맛이었다. 엄마 아빠가 다시 내 안으로 파고들었다. 포장마차에 비치던 아빠의 그림자…… 테이블을 닦고, 접시를 나르고, 손님들에게 인사를 하던 아빠.

엄마가 세상을 떠나고 난 다음, 아빠는 혼자서 포장마차를 꾸려 갔지만, 나는 그때까지 우리에게 닥친 현실을 깨닫지 못했다. 나도 모르게 엄마를 부르다가 주변의 정적에 비로소 엄마의 빈자리를 실감했다. 경환이도 그랬을까. 아무렇지 않게 장난을 치고 놀다가도 갑자기 칭얼거리거나 별것 아닌 일에 투정을 부리는 날이 많았다.

누가 먼저였는지, 이유가 뭐였는지는 기억나지 않는다. 나와 경환이가 동시에 울고 있었다. 누가 더 서럽게 우는지 내기라도 하듯이. 괜찮다,라고 말하며 달래주던 아빠가 나중에는 그래, 그래, 라는 말만 반복했다.

"별 보러 갈까?"

제풀에 지쳐 어느 정도 울음을 그치자 아빠가 손가락으로 천장을 가리키며 말했다.

잠이 내려앉은 어두운 골목을 빠져나와 우리는 좁은 계단을 올라갔다. 옹기종기 집들이 머리를 맞대고 앉은 동네가 한눈에 내려다보였다.

"엄마는 별을 좋아했지."

나랑 경환이는 목을 쭉 빼고 하늘을 올려다봤다.

"북두칠성이다!"

경환이가 아는 체를 했고 아빠가 경환이의 머리를 쓰다듬어주었다.

"저기 보이는 가장 밝은 별이 엄마가 좋아했던 별이야. 엄마는 미나랑 경환이가 저 별 같은 사람이 되었으면 좋겠다고 했었지."

"반짝반짝 빛나는 사람이요?"

경환이가 물었고 아빠가 아까처럼 머리를 만져주었다. 그날 밤, 우리 셋은 오랫동안 별을 보았다. 마치 거기 어딘가에 있는 엄마와 눈이라도 맞추는 것처럼, 그렇게 오래.

그 후로도 우리는 가끔 별을 보러 올라갔다. 엄마가 생각나는 날에도, 경환이가 백 점을 맞은 날에도, 아빠의 어깨가 처져 있는 날에도, 우리는 별을 보았다. 어떤 날은 흐려서 별이 보이지 않았지만 그런 날에도 우리는 별을 보았다.

"구름에 가려진 것뿐이야. 눈에 보이지 않는다고 없는 게 아니거든."

그렇게 말하면서 아빠는 밤하늘을 올려다보았다.

아빠는 엄마가 하던 일까지 두 사람 몫의 일을 했다. 아빠가 자는 모습은 거의 보지 못했다. 내가 잠에서 깼을 때는 벌써 일어나 장사 준비를 하느라 바빴고 내가 잠들 때까지도 아빠는 일을 하느라 집에 들어오지 못했다. 아빠는 눈물을 흘리지 않았지만 전처럼 소리 내어 웃지도 않았다. 괜찮다, 괜찮아. 아빠는 나와 경환이에게 그렇게 말했다. 시도 때도 없이 불쑥 나오던 그 말은 어쩌면 아빠 자신에게 한 말이었는지도 모른다.

나는 종종 경환이를 데리고 '미나네'에 갔다. 엄마가 살아 있을 때부터 내가 하던 일이었다.

"심심한데 우리 미나네 갈래?"

"니가 지금 있는 데가 미나네잖아, 바보야."

나랑 경환이가 농담을 주고받으면서 뛰어갔던 곳. 우리가 들어서면 엄마 얼굴에 막 피어난 꽃 같은 웃음이 번지곤 했다. 아빠는 한쪽 테이블을 치우고 따끈한 국수를 말아주었다. 온몸으로 번지는 따뜻한 맛. 마치 엄마 아빠의 손길 같은 맛이었다.

아빠가 혼자된 다음에도 나는 전처럼 '미나네'에 들렀다. 희미하게나마 아빠의 얼굴에 웃음이 걸리는 순간은 그때였다. 우리가 포장마차의 문을 걷어 올리고 들어가는 그 순간. 아빠는 그 순간이 있어서 버텼는지도 모른다. 아빠가 만들어준 국수를 먹을 때는 나도 경환이도 말이 없었다. 엄마의 빈자리와 아빠의 그늘. 우리는 허기진 것들을 그렇게 채워가고 있었다. 아무리 채우려고 노력해도 채워지지 않는 게 있다는 것을 알지 못한 채.

대형 쇼핑센터 앞 도로. '미나네'가 있던 자리였다. 서로의 영역을 구분 짓듯 보이지 않는 막이 있던 곳. 이쪽과 저쪽의 거리가 너무 멀어 이쪽에 있는 사람들도, 저쪽에 있는 사람들도 어딘가 어색해 보이는 풍경을 만들어내는 곳이었다. 그래서였을까. 쇼핑센터에서 일하는 사람들은 길에 떨어진 휴지처럼 포장마차를 치워버리고 싶어 했다.

어느 날부터인가 낯선 사람들이 아무 때나 '미나네'로 몰려와 손님들을 쫓아내고 아빠를 죄인처럼 몰아붙였다. 따뜻하게 넘어가던 국수가 자꾸 목에 걸렸다.

'미나네'의 현수막이 찢겨 펄럭이던 그날. 나는 길 건너편에 서서 아빠의 모습을 보았다. 아빠가 만든 음식들은 길바닥에 쏟아졌고 그릇들은 바닥에 뒹굴고 있었다. 거기 있는 아빠의 모습은 엄마가 세상을 떠나던 날과 다르지 않았다. 단속 나온 사람들과 주변 상인들 틈에서 아빠의 모습이 보였다 안 보였다 했다. 아빠한테 가야 한다고 생각했지만 오히려 나는 뒷걸음질치고 있었다. 저곳은 내가 있던 곳도, 내가 있어야 할 곳도 아니라는 생각이 들었다. 내가 알던 '미나네'는 그런 곳이 아니었다. 포장마차에서 쓰는 도구들을 실은 차가 멀리 떠나고 난 다음에도 나는 아빠에게 다가가지 못했다.

집으로 돌아와서 선잠을 자다가 새벽녘에 아빠가 들어오는 소리에 잠에서 깼다. 아빠가 방문을 열었을 때 나는 잠든 척했다. 어둠 속에서 흘러나오는 아빠의 작은 숨소리에 내 가슴이 뛰었다. 아빠가 나를 보았을지도 모른다는 생각이 뒤늦게 마음에 걸렸지만, 답이 보이지 않는 문제를 받아든 것처럼 나는 아무것도 할 수 없었다. 그건 나에게 너무 어려운 문제였다.

쇼핑센터 앞의 노점상 문제가 언론에서 이슈가 되면서 아빠와 상인들의 편에 서는 사람들이 생겼다. 그 덕에 포장마차가 문을 열었고, 아빠는 '미나네'라는 현수막을 새로 만들어왔다.

"괜찮지?"

현수막을 펼쳐 보이고 아빠가 물었을 때, 나는 겨우 웃음을 지었다. 그렇게 내 이름은 다시 포장마차 위에 걸렸다.

아빠는 전보다 더 열심히 일했지만 손님들은 엄마의 빈자리만큼이나 줄어들었다. 나는 하지도 않는 공부를 핑계 삼아 학원에 등록하고 더 이상 '미나네'에 가지 않았다. 그래도 괜찮다고 말하는 아빠의 얼굴을 나는 애써 외면했다.

정확하게 말하면 나는 '미나네'에 들어가지 않았을 뿐, 길 건너편에 서서 '미나네'를 바라보곤 했다. 내가 서 있는 곳과 아빠가 있는 곳이 끝이 보이지 않는 바다처럼 멀게 느껴졌다. 다시는 건너올 수 없는 길인 것처럼. 그 길을 건너가서 예전처럼 아빠의 얼굴을 보는 내 자신이 낯설었다. 사람들에게 짓밟혀 찢어졌던 '미나네'가 내 것이라는 사실이 싫증 나고 싫었다. 그 안에 아빠가 있다는 것도.

아빠의 그림자가 어른거렸다. 불안하게 펄럭이던 '미나네.' 아빠의 그림자를 보다가, 나중에는 '미나네' 앞을 지나는 게 싫어서 일부러 먼 길을 돌아 집에 온 적도 많았다. 그때 그 길을 건넜더라면, 그래서 '미나네'에 들어가 아빠가 만든 국수를 먹었더라면, 아빠 옆에 내가 있었더라면……

더 이상 생각하지 않기 위해서 나는 우동을 먹고, 떡볶이를 먹고, 츄러스를 먹고, 음료수도 마셨다. 간혹 혼자 온 여학생을 힐끔거리는 사람도 있었지만 대부분의 사람들은 나를 신경 쓰지 않았다.

그렇게 몇 시간을 보내고 나서 놀이공원을 나왔다. 출구에서는 마스코트 인형을 팔고 있었다. 나는 한동안 인형을 구경했다. 어릴 적 가지고 놀던 인형들이 생각났다. 크리스마스 선물로 엄마 아빠에게 받았던 호리호리한 몸매에 긴 금발 머리를 한 인형.

주머니에 들어가는 작은 마스코트 인형을 하나 샀다. 주머니가 두둑해지자 기분이 좋아졌다.

전철을 타고 가면서 지수에게 문자를 보냈다.

바다 보러 갈래?

곧바로 답장이 왔다.

이 시간에 웬 바다?

가까운 월미도라도 가자.

겨울 바다가 얼마나 추운데.

바다 보고 싶어서 그래. 너 안 오면 혼자라도 갈 거야.

참으셔. 얼어 죽는다. 그리고 나 지금 집 아님.

그럼 어디?

할머니네. T.T 바다는 나중에 같이 가자.

그래. ^^

할머니 집에서 아웃사이더라고 푸념을 하던 지수의 말이 떠올랐다. 쓸데없는 짓을 하느라 학교까지 그만뒀다고 할머니와 할아버지가 영 못마땅하게 생각한다는 것이다. 그래도 집에 돌아오면 지수의 엄마는 지수를 따뜻하게 품어줄 것이다. 언젠가 보았던 지수의 엄마를 나는 잊을 수 없다. 엄마 눈에는 제일 예쁜 딸인데 사람들이 재능을 몰라준다면서 안타까워했다. 나는 그런 지수가 부러웠다. 내 뒤에 그런 든든한 지원군이 한 사람이라도 있다면 못할 일이 없을 것 같았다.

지수와 문자를 주고받고 얼마 지나지 않아 메시지가 도착했다는 신호음이 울렸다. 지수일까 싶어 얼른 메시지를 확인했다. 애순 아줌마였다.

아줌마랑 갈래? 바다 보러.

나한테 연결된 아줌마의 촉수는 몇 개나 될까. 어이가 없어 나도 모르게 웃어버렸다. 메시지는 연달아 울렸다.

진짜 혼자 갈 건 아니지?

상관 말라고 답장을 보낼까 하다가 휴대폰을 닫았다. 그런 대꾸조차 하고 싶지 않았다.

겨울 바다

전철이 달리는 동안 해가 서서히 기울었다. 마지막 역에 내렸을 때는 시간보다 이른 어둠이 내려앉았다. 흐린 날씨에 습기와 찬 공기까지 더해져서 몸이 저절로 움츠러들었다.

이정표를 보고 버스를 탔다. 덜컹거리는 버스는 나를 또 다른 세계로 데려다줄 것만 같았다. 주머니에 손을 넣자, 놀이공원에서 산 인형이 손끝에 부드럽게 닿았다. 어릴 때 가지고 놀던 금발 인형의 머릿결만큼 부드러웠다. 엄마의 손길, 아빠의 까슬까슬한 턱. 부드럽고 거친 것은 어느덧 하나가 되어 있었다. 생각하지 않으려고 했는데 슬금슬금 기억이 올라오고 있었다.

월미도는 어둠보다 빛이 강했다. 화려한 네온사인과 빠른 음악이 흐린 날씨와 어울리지 않게 떠다녔다. 횟집들마다 자기 가게로 들어오라는 호객 행위에 열을 올렸지만 혼자 있는 청소년을 향해 손짓하는 곳은 없었다. 나는 조금 한적한 곳으로 갔다.

바다가 보였다. 아니, 정확하게는 보이지 않았다. 날이 흐렸고 어둠이 내려앉은 후였다. 서서히 눈발도 날리기 시작했다. 춥고 스산한 날씨 때문인지 사람이 많지 않았다. 다들 횟집이나 카페 같은 곳에서 따뜻하게 몸을 녹이며 밤 풍경을 즐기고 있을지도 모른다.

난간에 기대어 서서 바다를 내려다보았다. 불과 몇 미터 앞밖에 보이지 않는 바다. 해변과 맞닿은 바다를 보지 못해 못내 아쉬웠지만 나는 그대로 바다를 보았다. 보이지 않았지만 보았고 소리를 들었다. 파도 소리, 물결 소리. 바다를 타고 온 차가운 공기가 내 몸을 감쌌다. 날씨가 풀렸다고는 해도 아직 한겨울이었다. 나는 몸을 움츠리거나 옷을 여미지 않았다.

하나둘 날리던 눈발은 어느새 비로 변하기 시작했다. 머리끝이 축축하게 젖어들었다. 나는 그 자리에서 어두운 바다를 한동안 바라보다가, 천천히 걸음을 옮겼다. 주머니에 손을 집어넣었다. 한쪽에는 휴대폰이, 다른 한쪽에는 인형이 만져졌다. 벤치에 앉자, 고여 있던 물기가 옷으로 스며들었다. 빗줄기가 굵어졌고 나는 몸을 잔뜩 웅크린 채로 앉아 있었다. 주머니 안에서 휴대폰이 진동했다. 전화와 메시지가 여러 통 왔다. 지수나 애순 아줌마일 수 있었다. 경환이나 양수일 수도. 나는 휴대폰을 꺼내지 않았다.

세상에 던져진 이후로 나는 철저하게 혼자였다. 혼자가 아니라고 생각한 적도 있었다. 무엇보다 경환이가 있어서 그랬고 고모

집에 얹혀살 때도 그랬다. 하지만 나는 번번이 내던져진다는 느낌을 받았다. 그래도 되는 존재가 되어버렸다. 잉여 인간. 언젠가 경환이가 했던 말이 떠올랐다. 아무런 의미도 없이 살아가는 잉여적 존재. 책임만 있을 뿐 내가 누리고 가질 수 있는 것은 없었다.

내던져졌다고 해서 함부로 살고 싶지는 않았다. 엄마 아빠가 지켜보고 있을 것 같아 부끄러운 일은 하고 싶지 않았다. 그런데 이상하게도 나는 늘 제자리였다. 이도 저도 아닌 사람이 된 것 같았다. 비행 청소년이라도 됐더라면 세상의 관심이나 좀 받았을 텐데, 라고 생각하자 쓴웃음이 나왔다. 세상 모든 청소년이 모범생과 비행 청소년으로 양분되는 것도 아닌데 사람들의 관심은 항상 양쪽으로 치우쳐 있었다. 가진 건 없지만 열심히 살려고 하는 나 같은 인간은 보이지 않는 모양이다. "나 여기 있어요!" 소리라도 치고 싶은 심정이었다.

고개를 들어 하늘을 보았다. 비 때문에 눈을 제대로 뜰 수 없었다. 하늘은 어두워 아무것도 보이지 않았다. 얼굴 위로 쏟아지는 빗줄기만 느껴졌다.

"엄마."

작게 엄마를 불러보았다. 월미도는 엄마와 아빠, 경환이까지 함께 왔던 곳이다. 처음이자 마지막이 된 유일한 가족 소풍이었다. 장사 때문에 가족끼리 여행 한 번을 가보지 못했다. 그리고 이제는 나 혼자다.

"왜 그러고 있니?"

엄마가 묻는 것 같다. 뭐라고 대답해야 할까.

"그냥…… 추워서요."

웅얼거리듯 말했다.

"그러니까 빨리 안으로 들어가야지. 감기 걸리면 어쩌려고."

'미나네'에서 앞치마를 두르고 일을 하던 엄마의 모습이 선했다. 포장마차 안의 따뜻했던 온기가 느껴졌다. 엄마 아빠가 만든 음식을 먹던 손님들의 웃음소리가 들렸다.

고개를 숙이고 아까보다 몸을 더 작게 웅크렸다.

'미나네'의 새 현수막은 오래가지 못했다. 반복되는 싸움에서 아빠는 번번이 패배자가 되었다. 아빠와 상인들은 포장마차를 여는 대신 쇼핑센터 앞에서 시위에 들어갔다. 불법 노점을 인정한다는 건 말이 안 된다는 사람들과 상인들을 보호해야 한다는 입장으로 사람들의 의견이 나뉘었다. 나는 어느 쪽의 말도 이해할 수 없었다. '미나네'를 인정해주지 않는 쇼핑센터와 나라의 법도, 불법이라는 걸 알면서도 그 자리를 지키려고 하는 아빠와 다른 상인들도. 내가 아는 것이라고는 그것 역시 정답이 없는 문제지였다는 것이다.

경찰서에 다녀오고 나서 얼마 뒤부터, 아빠는 더 이상 괜찮다, 라는 말을 하지 않았다.

"괜찮아지겠지."

이렇게 말했다. 그 말을 할 때의 아빠 얼굴에서 나는 이미 괜찮지 않은 일이 생기고 있다는 걸 알았다.

새벽에 울리던 전화벨 소리에 놀라지 않았던 건 그래서였다. 어둠은 항상 불길했다. 그것과 함께 오는 것들은 반갑지 않은 손님이었다.

나와 경환이가 병원에 도착했을 때 아빠는 마지막 숨을 겨우 붙들고 있었다. 입술이 움직이는가 싶었지만 아빠의 입에서는 아무 말도 나오지 않았다. 나는 아빠의 얼굴을 놓치지 않고 보았다. 겨우 움직이는 아빠의 입술. 소리는 들리지 않았다. 하지만 나는 아빠의 말을 들었다. 아빠는…… 얼굴로도 말을 할 수 있는 사람이었고, 나는 아빠의 얼굴만 봐도 다 알 수 있었다.

아빠의 입술이 작게 움직이고 멈추기를 반복하는 동안, 나는 계속 고개만 끄덕였다. 이 순간이 정말 현실일까, 의심하면서. 모든 게 나 때문인 것 같았다. 내 안에서 꿈틀거리던 생각들을 아빠가 모두 읽어낸 것만 같았다.

아빠가 나와 경환이를 지그시 보았다. 눈꺼풀이 힘없이 올라갔다 내려갔다. 미세하게나마 움직이던 아빠의 입술이 멈추었다. 힘없이 내려앉은 눈꺼풀이 다시 올라가지 않았다. 나는 아빠의 힘없는 손을 가슴으로 끌어안았다. 마지막 남은 아빠의 따스함을 그렇게 붙잡고 있었다.

기자들 몇이 찾아와서 아빠에 대해 물었다. 나는 묻는 말에 대답을 했고 아빠의 기사가 신문 한쪽에 실렸다.

"애들을 생각해서라도 그러면 안 되지."

사람들은 아빠에 대해 그렇게 말했다.

아빠가 스스로 죽음을 택했다는 증거는 어디에도 없었지만 사람들은 그렇게 받아들였다. 시위대에 참석했던 아빠가 그날따라 술을 마셨고, 엄마의 죽음 이후로 많이 힘들어했다는 상인들의 증언과 최근의 상황 등을 근거로 그렇게 단정 지었다. 무엇보다 늦은 밤, 아무도 없는 공사 현장에 찾아갔다는 점이 가장 큰 이유였다. 재개발이 시작되어 새로운 건물이 올라가던 자리. 아빠가 왜 그곳에 갔는지 사람들은 알지 못했다. 왜 굳이 건물의 높은 층까지 올라갔는지 아무도 이해하지 못했다.

아빠는 별이 보고 싶었는지 모른다. 조금이라도 더 가까운 자리에서 엄마의 별을 보기 위해 올라갔을 뿐, 그곳이 어디인지 아빠가 발 디딘 곳이 얼마나 위태로운지 미처 알지 못했던 것이다. 아빠는 나와 경환이를 남겨두고 떠날 사람이 아니었다. 눈물 한 번 보인 적 없는 단단했던 아빠. 그건 나의 착각이 아니라 진실이었다. 아빠는 그 말을 전하기 위해 우리가 도착할 때까지 힘겹게 버텼고, 나는 아빠의 얼굴에서 그걸 읽었다. 사람들은 듣지 못했던 그 말을.

빗줄기가 굵어졌다. 아빠가 세상을 떠난 다음에는 엄마의 별도 사라졌다. 나는 일부러 하늘을 보지 않았다. 그곳에 있을 엄마 아빠가 그리운 만큼 미웠다.

"울지 마."

내 말이 빗소리에 묻혔다. 빗물이 얼굴을 타고 흘러내렸다. 어디에나 있을 것 같은 엄마 아빠. 그리고 어디에도 없는 엄마 아빠.

무작정 세상에 던져진 이후에 나는 어디로 갈지 몰라 교차로 같은 길에서 불안하게 서성였다. 아무리 물어도 엄마 아빠는 대답이 없었다. 나는 고개를 숙이고 두 팔에 얼굴을 묻었다.

빗소리만 요란하게 들리면서 흐르던 시간 틈으로 낯선 이방인이 끼어들었다. 고개를 숙인 내 시야에 갑자기 여러 명의 발이 들어왔다. 질척거리는 운동화와 털부츠도 보였다.

"야!"

머리 위에서 들리는 소리. 고개를 드니 여자아이 셋이 나를 내려다보고 있었다. 우산도 쓰지 않아 젖은 머리를 한 아이들이 꼭 나를 보는 것 같았다. 한 아이가 으스스 몸을 떨었다. 여자아이들 뒤로는 남자아이들 두엇이 서 있었다.

"잘 데 없으면 우리랑 갈래?"

한 명이 말을 걸었다.

"우리 있는 데서 재워줄 수 있는데. 우리 하는 거 조금만 도와주면 되거든."

다른 아이가 거들었다. 몸을 으스스 떨었던 아이는 말없이 지켜볼 뿐이었다. 나는 대꾸를 하지 않고 다시 머리를 묻었다.

"뭐냐, 얘?"

한 아이가 기분 나쁜 투로 말했다. 누군가의 이름을 부르자 뒤에 있던 남자아이들이 다가왔다.

"너 돈 있냐? 우리가 급하게 쓸 데가 있거든."

이번에는 남자아이가 말했다. 나는 다시 고개를 들었다. 그중

한 아이만 뚫어지게 쳐다보았다. 맨 처음에 말을 걸었던 여자아이였다.

"미안한데, 좀 꺼져줄래? 내가 지금 기분이 몹시 더럽거든."

내 말에 아이들이 어이없게 웃었다. 남자아이의 우악스러운 손이 내 멱살을 잡았다.

"야, 그만해."

내 시선을 맞받았던 여자아이가 말하자 남자아이가 거칠게 내 멱살을 놓았다. 아이들은 나를 에워쌌다.

"난 얘 맘에 드는데."

"입 하나 늘면 더 힘들어."

"밥값은 시켜야지. 이런 애도 하나 필요할 수 있어."

나는 대꾸도 하지 않는데 아이들은 자기들끼리 주거니 받거니 했다.

"우리 지내는 데가 여기서 멀지 않거든. 저녁거리 준비해서 들어갈 건데, 우리랑 같이 가려면 신고식 정도는 해야 돼. 돈 있으면 한 걸로 쳐줄게. 돈 없으면 다른 걸로 때워야 되고. 종류는 여러 가지가 있고 선택은 네 맘대로 해."

여자아이의 어깨에 팔을 두른 남자아이가 설명했다. 그건 자기들끼리의 룰이라고 했다.

"제안은 고마운데 나중에 생각해볼게. 지금은 그냥 좀 가줄래?"

내 말에 아이들의 표정이 변했다. 분위기가 좋지 않게 흘러가고 있었지만 나는 아무것도 무섭지 않았다.

"곱게 따라올래, 강제로 끌려갈래?"

남자아이와 커플로 보이는 여자아이가 말했다.

"저 위에서 사람들이 내려다보고 있거든? 강제로 데려갈 수 있음 해봐."

건물의 통유리 안쪽으로 사람들이 앉아 있는 게 보였다.

"저 사람들? 귀찮아서 우리 같은 애들은 신경도 안 써."

아이들이 낄낄거리며 웃었다. 나는 자리에서 일어섰다. 추워서 몸이 뻣뻣하게 굳어 있었다. 주머니를 뒤져 안에 있는 것들을 하나씩 꺼냈다. 아이들이 궁금한 얼굴로 나를 보았다. 구형 휴대폰과 천 원짜리 지폐 몇 장, 마스코트 인형을 벤치 위에 올려놓았다.

"이게 전부야. 더 주고 싶어도 없어. 차비까지 다 털어낸 거야. 그리고 난 너희들과 가고 싶지 않아."

"왜? 집 나온 거잖아?"

여자아이 하나가 묻고는 내 대답을 기다렸다.

"내 스타일이 아니거든. 너희 다."

아이들의 얼굴이 묘하게 일그러졌다. 여자아이 어깨에 팔을 둘렀던 남자아이가 내 앞으로 다가왔다.

"우린 한번 찍은 애는 절대 그냥 안 보내거든. 뒤져서 하나라도 나오면 죽을 줄 알아."

남자아이 말이 끝나기가 무섭게 다른 아이 둘이 하나씩 내 팔을 잡았다. 어찌나 꽉 잡는지 움직일 수도 없었다.

"놔, 이거!"

소리를 쳐도 소용없었다. 우산을 쓴 사람들이 무심히 지나갔다. 우리를 친구로 아는 것 같았다.

"미나야!"

누군가 나를 부르는 소리. 익숙한 목소리였다. 아이들의 시선이 일제히 소리 나는 쪽을 보았고 나는 내 눈을 의심했다. 애순 아줌마였다. 나한테 위치 추적기라도 달아놓은 걸까. 메시지에 답장도 안 했는데 기어코 나를 찾아냈다. 항상 결정적인 순간에 나타나더니 이 순간도 놓치지 않았다. 어쩔 수 없음을 넘어 경이로운 오지랖이었다.

아줌마는 우산까지 집어 던지고 뛰어왔다. 나를 잡고 있던 힘이 느슨해진 틈을 타서 아이들의 팔을 뿌리치고 빠져나왔다.

"너희 지금 여기서 뭐하는 거야? 미나야, 괜찮아?"

애순 아줌마가 나를 보고 물었다.

"뭐야, 재수 없게."

한 아이가 퉤, 바닥에 침을 뱉고는 돌아섰다.

"기다려!"

더 이상 생각하지 않고 나는 아이들을 불렀다. 아이들 두엇이 돌아보았다.

"나도 갈래."

나는 애순 아줌마를 외면했다.

"뭐냐? 너네도 콩가루 집안이냐?"

한 아이가 웃으며 비아냥거렸다. 애순 아줌마를 엄마로 본 것 같았다.

"나랑 상관없는 아줌마야."

내 행동에 애순 아줌마는 적잖이 당황한 듯했다. 나는 아이들 쪽으로 걸음을 옮겼고, 애순 아줌마가 내 팔을 잡았다.

"너, 지금 뭐하는 짓이야?"

"놔요, 이거! 아줌마가 뭔데 이래요?"

"일단 어디 가서 얘기 좀 하자."

"됐다고요!"

아줌마 팔을 뿌리치려고 했지만 아줌마도 쉽게 나를 놓아주지 않았다.

"어이, 아줌마. 그냥 놓고 조용히 가시지?"

남자아이 둘이 다가왔다. 한 아이가 아줌마 팔을 우악스럽게 잡아 뺐다.

"얘는 우리가 접수할게."

"내 딸이야! 손대지 마."

아줌마가 비장의 무기라도 되는 듯이 말했다. 나는 기가 막혀 웃고 말았다.

"얘가 아줌마 딸이든 아니든 우린 관심 없어. 그냥 얘가 우리랑 가겠다잖아!"

남자아이가 소리를 빽 질렀다. 아줌마가 놀라서 움찔 뒤로 물러섰다. 일이 이상한 방향으로 흐르고 있었다. 바닷가에 올 때만 해도 이럴 생각은 아니었다. 하지만 두려울 것도 없었다. 어쨌거나 나는 벼랑 끝에 서 있었다. 안간힘을 쓰면서 버티고 있느니 뛰어내리는 편이 나을지도 모른다. 나는 몸을 돌려 아이들 쪽에 섰다. 남자아이가 아줌마를 향해 어깨를 으쓱해 보였다.

"잠깐만!"

아줌마가 다급하게 불렀다. 가방에서 지갑을 꺼내더니 만 원짜리 몇 개를 아이들 앞으로 내밀었다.

"더 필요해?"

아줌마가 지갑을 털어 보이며 천 원짜리까지 다 꺼냈다. 나를 두고 돈 몇 푼과 거래를 하자는 얘기였다. 어이없게도 아이들의 표정에 동요의 빛이 떠올랐다. 아줌마에게서 나를 빼냈던 남자아이가 다가가 지폐를 받아들고 세기 시작했다. 그러고는 나머지 아이들과 눈짓을 주고받았다.

"생각해보니까 넌 우리 스타일이 아닌 것 같다."

나는 할 말을 잃었다.

"이 돈이면 며칠 먹을 걱정은 안 해도 되거든. 미안하지만 다음에 보자."

남자아이가 내 어깨를 툭 치고 지나갔다. 아이들은 횡재라도 한 듯이 돈을 들고 시시덕거리며 멀어졌다. 나는 멍하니 아이들을 바라보았고, 아줌마는 싸움에서 이긴 사람처럼 당당해졌다.

나는 몸을 휙 돌려 성큼성큼 걸었다. 아줌마가 우산을 주워 와서 내 머리 위에 씌웠다.

"일단 가자."

아줌마가 내 팔을 잡았다. 나는 거칠게 아줌마의 팔을 뿌리쳤고 우산은 다시 나동그라지며 뒤집어진 채로 비를 맞았다.

"얘가 정말 왜 이래?"

"아줌마야말로 짜증 나게 왜 이래요? 왜 자꾸 참견이에요? 아줌마 때문에 내가 학원 다니는 거라고 생색내는 거예요?"

내 말에 애순 아줌마가 크게 헛웃음을 흘렸다.

내가 대검 3반에 들어가서 아줌마랑 같은 반이 된 걸 다행이라고 생각해야 할까. 경환이가 오토바이 사고를 내고 난 뒤에 나는 알바비를 받자마자 학원에 등록했다. 홧김에 저지른 일이었고 바로 후회가 돼서 상담실까지 찾아가 환불을 해달라고 사정했다. 전액 환불이 안 된다는 말에 충동적이었던 내 행동을 자책하다가 학원은 딱 한 달만 다니기로 마음먹었다. 근로 장학생으로 있으면서 수업을 계속 들어도 좋다는 말은 얼마 뒤에 상담 선생님에게 전해 들었다. 생각지도 못한 제안이었지만 비싼 학원비에 비해 일하는 시간이 적어 그 제안을 받아들였다. 애초에 있지도 않은 근로 장학생 제도까지 만들어 나를 끌어들인 장본인이 애순 아줌마였다는 건 한참 뒤에 알게 된 사실이었다. 애순 아줌마는 그 일을 위해 원장님을 꽤 여러 번 찾아갔다고 했다.

그 사실을 알고 나서 나는 고맙기는커녕 아줌마가 더 싫어졌다. 학원에 계속 나갔던 건 순전히 일하는 시간에 비해 수업을 듣는 게 훨씬 이익이라는 계산 때문이었다. 하지만 아줌마는 그 일을 빌미로 대단히 착각을 하는 게 틀림없었다. 대놓고 나를 참견

했다. 그런 아줌마를 더 이상은 받아주고 싶지 않았다.

"나 아니었으면 너, 쟤네들한테 끌려갔어."

"끌려간 게 아니라 내가 가려고 한 거예요!"

"학원도 안 오고 연락도 안 되더니 고작 여기서 이러고 있니? 저런 애들이나 따라가려고 그랬어?"

"저 애들이 어때서요? 저보다 훨씬 나은 애들이에요. 적어도 혼자는 아니잖아요."

"넌 혼자니?"

"됐어요. 아줌마랑 얘기하고 싶지 않아요."

"일단 가자. 차는 저쪽에 있어."

나는 아줌마가 말한 반대 방향으로 걸었다. 아줌마가 따라와서 내 앞을 막아섰다.

"이게 무슨 고집이야?"

"남 일에 신경 좀 끄라고요! 그렇게 할 일이 없어요? 그럴 시간에 자기 앞가림이나 똑바로 해요. 귀찮게 하는 거 진짜 싫다고요! 재수 없어! 완전 재수 없어!"

"……"

입에서 나오는 대로 뱉어놓고 나니 내가 심했다는 생각이 들었다.

"알지도 못하면서 함부로 지껄이지 마. 너야말로 진짜 재수 없거든."

아줌마가 맞받아쳤다. 가만히 있으면 애순 아줌마가 아니다. 돌아서는 나를 아줌마가 잡아 세웠다. 아줌마의 손가락 끝으로 전해진 힘이 내 팔을 파고들었다.

"너 이러는 거 진짜 웃겨. 다 큰 애가 어디서 투정이야?"

"투정이요?"

조소 섞인 눈으로 아줌마를 쏘아봤다.

"배고픈 거 참아봤어요? 보일러 안 들어오는 방에서 자봤어요? 내 거는 아무것도 없다는 게 어떤 건지 알기나 해요? 다른 애들은 다 있는데 나만 없어요! 다들 학교 다니면서 평범하게 사는데 나만 이래요!"

있는 대로 소리를 질러버렸다. 아줌마의 눈동자가 빗속에서 흔들렸다.

"너만 그렇다고 생각하는 게 아직도 어린애라는 증거야. 세상에 너만 그런 건 없어."

"가르치려고 하지 마요. 제일 짜증 나요!"

아줌마의 팔이 조금 느슨해졌다. 나는 자리에 주저앉았다.

"꿈조차 꿀 수 없다는 게 어떤 건지 알지도 못하면서."

악을 쓰듯 소리치고 나자 갑자기 눈물이 쏟아졌다. 내 모습이 얼마나 바보 같을지 알면서도 나는 소리 내어 울었다.

아줌마가 자리에 앉아 나와 눈높이를 맞추었다.

"모든 걸 다 주는 게 버리는 거야. 아무것도 하지 말라고 하는 거라고."

한번 터지기 시작한 눈물은 사정없이 흘렀다. 비가 쏟아져서 다행이었다. 아줌마는 그대로 내가 울게 내버려두었다.

"널 보면 나를 보는 것 같아. 그래서 그래."

아줌마는 삼십 년째 소녀 가장이라고 농담처럼 말하곤 했다. 나한테 오지랖 넓게 관심을 갖고 결정적인 순간마다 나타나는 게 그래서였나.

"하지만 난 한 번도 꿈꾸지 않은 적이 없어. 그게 이루어지든 안 이루어지든."

얼마나 울었을까. 빗속에서 내 울음소리가 잦아들었다. 아줌마가 내게 팔을 뻗었다. 볼을 만져주기라도 하려는 것인지 아줌마의 손이 천천히 내 얼굴로 다가왔다. 아줌마의 차가운 손끝이 내 얼굴에 닿았다.

"거기 두 사람!"

놀란 아줌마가 얼른 손을 내리고 자리에서 일어섰다. 언제 왔는지 경찰차 한 대가 서 있었고 경찰관이 차에서 내려 우리 쪽으로 오고 있었다.

"거기서 지금 뭐하는 거예요?"

"네? 아뇨, 그냥"

아줌마가 얼버무렸고 그사이 나도 눈물을 닦고 자리에서 일어섰다. 경찰이 우리를 위아래로 훑어보았다.

"이제 가려던 참이었어요."

아줌마가 내 팔을 잡아끌었고 나는 마지못한 척하면서 끌려갔다.

"말 안 듣는 애들은 집에 가서 혼내세요. 밖에서 이러지 말고."

경찰이 등 뒤에서 말했다.

"참! 여기 방황하는 청소년들 있어요. 아까 저쪽으로 갔는데. 걔들 좀 찾아서 집에 보내주세요."

아줌마는 나를 끌고 가면서도 할 말을 잊지 않았다.

서울로 올라오면서 나는 아줌마의 작은 차 안에서 잠이 들었다. 꿀차를 한잔 마시고 히터를 켜놓은 차에 앉자 온몸이 물먹은 반죽처럼 풀어졌다. 나도 모르게 눈이 감겼고 하루 동안 있었던 일들이 조각조각 흩어졌다. 꿈속에서 나는 놀이공원에서 바이킹을 탔고 바닷가에서 파도를 보았다. 꿈속에서는 날씨가 따뜻하고 맑았다.

'날씨가 이렇게 따뜻하지 않았는데. 이건 분명 꿈이구나.'

꿈속에서도 나는 꿈이라고 생각했다. 그러면서 나는 하늘을 올려다보았다. 어둡고 아무것도 보이지 않던 하늘이 아니라 구름 한 조각이 둥실 떠 있는 파란 하늘이었다.

"다 왔어. 내려."

아줌마 목소리에 부스스 눈을 뜨고 차에서 내렸다. 차들이 빼곡하게 주차되어 있는 오래된 아파트 단지였다. 집에 들어가자마자 아줌마와 나는 이불을 펼쳐놓고 자리에 누웠다. 아줌마도 몸을 덜덜 떨고 있었다. 씻지도 않고 우리는 그대로 곯아떨어졌다. 얼핏 잠에서 깼을 때 익숙하지 않은 향기와 어둠이 느껴졌지만, 나는 또다시 잠으로 빠져들었다. 추워서 몸이 덜덜 떨리다가 나중에는 식은땀이 났다.

잠결에 칼질하는 소리가 들렸고 음식 냄새가 풍겼다. 따뜻한 이불 속에서 나는 오래전 그날로 되돌아간 것 같은 착각에 빠졌다.

"미나야, 그만 일어나."

엄마 목소리. 엄마……

"미나야!"

눈을 떴다. 엄마는 사라졌고 애순 아줌마가 나를 깨웠다.

"밥 먹자고."

자리에서 일어나 주방으로 나왔다. 보글보글 찌개에 김이 모락모락 나는 금방 지은 밥. 그런 걸 기대했지만 식탁 위에는 막 배달된 김이 나는 중국 음식이 있었다. 아줌마는 내 앞으로 짬뽕밥을 놓아주었다.

"아까 음식 하지 않았어요?"

"나도 좀전에 일어났어. 배가 고파서 도저히 못 자겠더라."

잠결에 들었던 소리와 냄새는 꿈이었나 보다. 자고 있는 사이 엄마가 다녀간 걸까.

나는 밥을 먹기 시작했다. 생각해보니 어제 우동을 먹은 이후로 아무것도 먹지 못했다. 허기가 밀려왔다.

"죽을 것처럼 덤비더니."

"먹다 죽은 귀신은 때깔도 좋다잖아요."

"너 때문에 내가 죽을 뻔했다. 추운 데서 그게 뭐니? 애처럼 울지를 않나, 목소리만 커가지고…… 얼굴 팔려서 다시는 월미도 못

가겠다."

"아줌마 목소리가 더 컸거든요."

"오리발은. 힘은 또 왜 이렇게 장사야? 온몸이 다 뻐근하다."

아줌마가 어깨를 이리저리 돌렸다. 그러면서 "경찰이 그 애들은 찾았나? 전화라도 해봐야겠다"라고 혼잣말을 했다.

"근데 아줌마는 키가 몇이에요? 우유도 안 먹었어요?"

"우유 배달하면서 많이 먹었는데 그래도 안 크더라."

"우유 배달도 했어요?"

"안 해본 거 없다니까."

아줌마가 짬뽕 국물을 그릇째 들고 들이켰다. 나도 남은 밥을 다 먹었다. 몸이 개운해지는 느낌이 들었다.

"아, 이제 살 것 같다."

내 말에 아줌마가 피식 웃었다.

"머리 잘라줄까?"

아줌마가 불쑥 물었다.

"아뇨."

나는 정색을 하고 뒤로 뺐다. 갑자기 머리라니. 이제 미용 기술을 배우는 아줌마에게 실험 대상이 되고 싶지 않았다.

"조금만 다듬어줄게."

"아직 무허가잖아요. 나중에 자격증 따면 할게요."

"지금 자르면 첫 손님으로 인정해준다."

"그런 거 필요 없거든요."

"첫 손님은 미용실 개업하면 평생 무료로 해줄 건데?"

"언제 개업할 줄 알고."

"자격증만 따면 바로 할 거야. 벌써 가게 자리도 봐놨다니까."

아줌마는 자신만만했다. 다 먹은 그릇을 정리하고 나는 어쩔 수 없이 아줌마에게 머리까지 맡겼다. 사실 지금껏 머리는 내가 직접 잘랐다. 거울을 보면서 앞머리를 다듬었고, 어깨까지 내려오는 뒷머리는 조금씩 잡고 잘랐다. 아무리 무허가라고 해도 내가 자른 머리보다 못하랴 싶었다. 나는 마룻바닥에 앉아서 어깨에 보자기를 둘렀다.

칙칙, 분무기를 뿌리고 아줌마가 내 머리를 빗겼다.

"고개 좀 숙여봐."

나는 말 잘 듣는 어린아이처럼 고개를 숙였다.

"너 머리 어디서 잘랐니? 어느 미용실인지 실력 알 만하다."

"우리 동네에서는 사람도 꽤 많은 데거든요."

"커트는 기본 중에 기본이야."

아줌마가 혀를 끌끌 찼다. 사각사각 가위 소리가 들리면서 머리카락이 바닥으로 떨어졌다. 내 머리카락을 쓸어주던 손길, 그 느낌. 새벽에 일을 끝내고 온 엄마와 아빠는 잠든 내 머리를 만져주고는 했다. 그러면 잠결에도 나는 엄마가 왔구나,라고 생각했다. 엄마 아빠의 손끝에서 느껴지는 감촉이 좋았다. 나는 가만히 눈을 감았다. 아줌마는 빠르지 않은 손놀림으로 내 머리카락을 만져주었다. 엄마 생각이 났지만 이번에는 생각을 떨쳐버리지 않았다.

"앞머리는 조금만 다듬으면 되겠지?"

나는 눈을 감으며 고개를 끄덕였다.

벤치 타임

"미나, 이 자식!"

담임이 나를 보자마자 팔을 꼬집었다. 나는 몸을 배배 꼬았다. 카메라가 돌아가고 있었지만 표정 관리가 되지 않았다. 「다큐, 그곳」의 피디와 작가는 아직도 학원에 있었다. 방송은 한 시간이라는데 무슨 촬영을 이렇게 오래 하는 건지. 카메라가 있건 말건 담임은 팔을 꼬집은 손을 비틀었다.

"아파요, 선생님."

"어디 갔다 이제 나타나? 어? 어디서 뭐했어?"

"아, 이거 놓고 말씀하세요."

"혼나도 싸다, 싸!"

영어 선생님이 거들었다.

"안 보던 사이에 더 어려진 거 같다."

국어 선생님이다. 나는 담임에게 잡히지 않은 한쪽 손으로 앞머리를 쓸어내렸다. 다듬어만 달라고 했는데 애순 아줌마는 앞머리를 싹둑 잘라놓았다. 역시 앞머리는 함부로 손대는 게 아니었다. 머리카락을 다듬고 나서 거울을 보는 순간, 엄마 생각에 젖어 있던 기분은 빗물이 스며든 흙더미처럼 와르르 무너졌다. 아줌마는 과연 미용 자격시험에 붙을 수 있을까.

"미나, 오랜만이다."

교무실로 들어오던 이태진 선생님이 말했다. 지나가면서 내 어깨까지 두드렸다. 선생님들은 그동안 내가 학원에 빠진 걸 다 알고 있었다. 수업 시간에 얼굴만 보고 얘기조차 안 해본 선생님도 아는 체를 했다.

항상 뒤에 있는 아이, 뭘 해도 눈에 띄지 않는 아이. 학교에서 나는 그림자 같은 존재였다. 선생님들은 나 같은 아이가 있는지도 몰랐다. 그런데 지금은 선생님들 모두가 나를 걱정하고 있었다. 갑자기 드라마 속 주인공이라도 된 것 같았다. 이래서 가끔 가출이 필요한 모양이다.

담임이 나를 자리로 끌고 와서야 손을 놓았지만 팔이 얼얼했다. 카메라가 우리를 따라왔다. 아직 내 얼굴에 모자이크 처리를 해달라는 말을 못했는데…… 지난번 교무실에서 혼난 것까지 하면 벌써 두 번이나 이런 장면이 찍힌 것이다.

나는 담임 앞에 앉았다. 담임 자리는 교무실에서도 가장 안쪽이었다.

"그동안 뭐하고 다녔어?"

"……"

"시험 얼마 안 남았다. 이러고 있을 시간이 없는데. 공부는 좀 했고?"

나는 대답을 하지 못했다.

"했을 리가 없지."

담임이 책상을 뒤적이더니 프린트 뭉치를 정리하기 시작했다.

"학원은 그동안 왜 빠졌어요?"

피디 아저씨가 물었다.

"일이 좀 있어서요."

"무슨 일인데요?"

대충 넘어가주면 좋으련만 집요하게 캐묻는다. 내가 대답을 망설이는 사이에 담임이 프린트 뭉치를 내밀었다.

"그동안 수업한 거랑 교재 요점 정리한 거다. 오늘 밤새워서 보고 와. 알았어?"

"네."

"다른 과목도 선생님들한테 자료 받아가고. 홈페이지 자료실에 올라온 것도 싹 보고 와. 이번 주말부터 과목별 특강 들어간다. 그건 절대 빠지면 안 돼."

담임의 말투는 무뚝뚝했지만 그래서 더 마음이 흔들렸다. 앞코가 닳은 담임의 낡은 구두가 눈에 들어왔다. 코끝이 시큰해졌다.

학원에는 애순 아줌마한테 억지로 끌려왔다.

"학원은 이제 안 가요! 혼자 해도 된다니까요. 제발 제 일에 신경 좀 꺼요."

"너랑 말싸움하는 것도 지쳤다. 그만 좀 해라."

"내가 아줌마 집에서 하룻밤 신세 좀 졌다고 뭔가 착각하나 본데요, 저 아줌마랑 친해질 생각 없거든요."

"너야말로 뭘 착각하나 본데, 나도 너랑 친해질 생각 없어. 공부는 혼자서 하든지 말든지 이제 네가 알아서 해. 시험도 보기 싫으면 보지 마. 그 대신 직접 가서 말씀드려. 담임선생님, 원장님 뵙고 이제 학원 안 나온다, 근로 장학생도 못한다고 직접 얘기하라고. 어떻게 말 한마디 없이 사라지니? 미안하지도 않아?"

더 이상 고집 부릴 수 없었다. 내가 가장 싫어하는 일을 다른 사람에게 그대로 하고 있었으니까. 애순 아줌마는 내 대답도 듣지 않고 그냥 가버렸다. 버스를 타고 학원까지 오는 동안에도 애순 아줌마와 나는 한마디도 하지 않았다. 아줌마는 단단히 화나 있는 것처럼 보였다.

"상대방 마음은 생각 안 하고 자기 생각만 해. 아주 이기적이야."

버스에서 내리면서 아줌마가 혼잣말처럼 중얼거린 말이 내 귀에 쏙쏙 들어왔다. 일부러 들으라고 한 말이 분명했다.

"다른 사람 생각해서 뭐해요. 어차피 헤어질 남인데."

버스에서 내리자마자 아줌마 등 뒤에 대고 말했지만 아줌마는 돌아보지도 않았다.

누구에게든 마음이 움직이는 게 두려웠다. 어느 날 갑자기 나만 남겨두고 모두 떠날 것만 같았다. 혼자가 돼서 그 사람을 그리워하는 게 싫었다. 그래서 다른 사람에게 손을 내미는 것도, 다른 사람이 내민 손을 잡는 것도 싫었다. 그런 생각이 이기적이었던 걸까.

아줌마는 혼자 앞서 걸어갔다. 키는 작아도 걸음은 빨랐다. 애순 아줌마의 뒷모습을 처음 보았다. 짧은 단발머리를 질끈 묶어 잔머리가 목 뒤로 내려와 있었다. 그 뒷모습을 보자 뭐라 설명할 수 없는 기분이 들었다. 누군가의 뒷모습과 마주한다는 건 묘한 감정을 불러일으키나 보다. 그 사람이 흘리고 가는 느낌이 숨김없이 고스란히 내 눈으로 들어왔다. 나는 애순 아줌마의 뒷모습이 오랫동안 기억에 남을 것 같은 불길한 예감이 들었다.

"고맙습니다."

담임은 대답 대신 내 어깨를 두드렸다. 나는 꾸벅 인사를 하고 일어섰다. 교무실 통로를 지나면서 다른 선생님들에게도 인사를 했다.

"학생이 가출했던 건가요?"

"아닙니다, 그런 거. 이건 방송에 내보내지 마세요. 편집해주세요, 편집!"

등 뒤에서 피디 아저씨가 묻고 담임이 답하는 소리가 들렸다.

"미나 언니!"

교실로 들어서는 나를 보고 아인이가 눈을 동그랗게 떴다. 모두의 시선이 내게 쏠렸다.

"미나, 너!"

왕언니 아줌마가 가장 먼저 달려들었다. 왕언니 아줌마는 내 등짝을 사정없이 때렸다.

"아, 왜 이래요?"

가는 데마다 꼬집고 때린다. 이상한 건 맞을 때마다 마음이 편안해진다는 거였다.

"시험이 얼마나 남았다고 학원도 빠지고, 연락도 안 되고."

왕언니 아줌마가 반가움 반 걱정 반인 얼굴로 말했다.

"연락 안 돼서 얼마나 걱정했는지 알아?"

반장 오빠도 한마디 거들었다.

오랜만에 오는 교실, 대검 3반 사람들. 다시 돌아오지 못할 줄 알았는데 나는 이 자리에 와 있었다. 어울리지 않는 사람들, 어울리지 않는 목소리. 그 사이에 내가 있다.

"안 보던 사이에 머리 스타일 바꿨네?"

장씨 아저씨가 특유의 느끼한 웃음을 지으며 말했다. 나는 어색하게 머리를 매만졌다. 애순 아줌마는 자리에 앉아 나를 돌아보지도 않았다. 나는 지수의 옆자리에 앉았다. 지수가 엎드려 있다가 나를 보고는 놀라 몸을 일으켰다.

"너!"

"그래, 너! 나 좀 보자."

나는 지수를 끌고 복도 구석으로 갔다.

"학생, 오랜만이네."

마침 순찰을 돌던 교수님과 마주쳤다. 한 손에는 여전히 쿠션을 들고 있었다. 인사를 하자 "열심히 해. 졸지 말고"라고 말하면서 다른 반 교실로 들어갔다. 교수님의 말투는 선생님들과 닮아 있었다. 교수님이니까 당연한 일인지도 모르지만.

"애순 아줌마한테 왜 얘기했어?"

"월미도 간 거? 너한테 연락 오면 자기한테 꼭 알려달라고 했거든. 그렇다고 내가 바로 얘기했겠니? 근데 애순 아줌마 진짜 이상해."

"뭐가?"

"너랑 문자 주고받고 나서 몇 분이나 지났나? 갑자기 전화해서 혹시 미나한테 연락 없었니? 이러잖아. 너희 집 근처라고 하는데 안 알려줄 수가 있어야지. 월미도에 갈지도 모르겠다고 했지. 진짜 거기까지 따라갈 줄은 나도 몰랐어. 주말에 할 일이 없었나 봐."

마지막 말을 하고 나서 지수는 혼자 키득거리다가 복도 끝에 애순 아줌마가 보이자 웃음을 뚝 멈추었다. 애순 아줌마는 우리 쪽을 흘끗 보고는 화장실로 들어갔다.

"내가 말하는 거 들었나? 애순 아줌마는 충분히 그럴 수 있는 사람이야."

지수 말에 나도 웃고 말았다.

변한 것은 없었다. 학원은 그대로였다. 내가 나오지 않는 동안 모두들 나를 걱정하고 있었다. 내가 영원히 돌아오지 않았다면 어땠을까. 갑자기 사라지는 게 어떤 것인지 나는 잘 알고 있다. 남겨진 사람에게 얼마나 상처가 되는지도 안다. 하지만 그건 내 몫이라고 생각했다. 누군가 나 때문에 그런 일을 겪을 거라고는 생각해본 적이 없었다. 내가 사라져도 아무도 모를 줄 알았다. 그런데 처음으로 나도 누군가에게 상처를 줄 수 있는 존재일지도 모른다는 생각이 들었다. 그건 누군가 나를 걱정하고 마음에 품고 있다는 뜻일 것이다. 누군가의 마음속에 내가 들어가 있다는 것. 나를 찾아다녔을 애순 아줌마의 모습을 떠올려보았다. 애순 아줌마가 오지 않았다면 그날 밤 나는 어떻게 됐을까. 그 아이들을 따라갔을까. 분명한 건 그것도 내 방식은 아니라는 거였다.

「다큐, 그곳」의 스태프들이 계단을 내려가고 있었다. 촬영이 다 끝난 걸까. 지수에게 먼저 교실로 들어가라고 하고는 스태프들이 있는 곳으로 뛰어 내려갔다.

"잠깐만요! 저 할 말 있어요."

스태프들이 멈춰 섰다. 용기라는 게 있다면 지금 꺼내고 싶었다.

나는 애순 아줌마의 집으로 짐을 옮겼다. 방을 빼기로 한 날짜가 다가왔지만, 이사할 곳을 정하지 못한 데다 경환이마저 연락두절이라 이도 저도 못하는 상황이 되고 말았다.

"지낼 데 알아볼 테니까 그동안은 여기 와 있어."

"싫어요."

"하여간 한 번에 네, 하는 법이 없어. 너, 그러는 거 자존심 아니야. 괜한 고집이지. 잔말 말고 짐 옮겨."

마음 같아서는 끝까지 버티고 싶었지만 당장 갈 곳이 없었다.

"그럼 당분간만 신세 질게요."

나는 풀 죽은 목소리로 겨우 대답했다.

낡은 가구들은 모두 버렸다. 쓸 만한 것 중에 크기가 작은 것들만 골라서 아줌마네 집 거실 한쪽에 대충 쌓아두었다. 이사하던 날 나는 주인아주머니에게 경환이 일을 부탁했다. 애순 아줌마의 주소와 전화번호도 남겼다. 경환이에게 아무런 소식이 없어 애가 탔지만, 연락할 방법이 없었다. 가출임이 명백해서 경찰서에 신고할 수도 없었다. 새 학기가 시작되기 전까지 돌아오기를 바라면서 나는 매일 경환이의 휴대폰으로 메시지를 전송했다.

구자혁 빵집까지 오는 데는 며칠이 더 걸렸다. 아저씨를 볼 자신이 없었고 무슨 말을 해야 할지도 몰랐다. 죄송했습니다, 라고 해야 하나, 아니면 정식으로 그만둔다는 얘기를 하러 왔다고 해야 하나.

빵집 앞까지 와서도 나는 할 말을 고르지 못해 한참을 머뭇거렸다. 다시 돌아갈까 싶은 마음까지 들었지만, 아줌마 말처럼 그건 이기적인 결정이었다. 아저씨가 화를 낸 이유와 내가 한 행동에 대해서 곰곰이 생각해보았다. 내가 사람들에게 나누어주었던 건 아저씨의 고집이고 자존심이었는지도 모른다. 그걸 내가 너무 쉽게 생각했던 건 아닐까. 생각이 거기까지 미치자 아저씨를 만나지 않을 수 없었다. 그리고 무엇보다 아저씨의 빵이 그리웠다.

문을 밀고 들어가자 풍경 소리가 울렸다. 빵을 정리하고 있던 아저씨가 돌아보았고 나는 말없이 고개를 숙여 인사했다. 아저씨는 처음 면접을 보러 왔던 날처럼 의자를 끌어와서 나에게 앉으라고 했다.

아저씨와 마주 앉아 있었지만 목소리를 잃어버린 인어공주라도 된 양 내 입에서는 아무 소리도 나오지 않았다. 아저씨가 먼저 입을 열었다.

“다시 올 줄 알았다.”

아저씨의 얼굴은 잔잔한 호수 같았다. 그 표정을 보자 긴장했던 마음이 조금 풀어졌다.

“원종 단계의 밀가루를 섞다 보면, 어느 지점에서는 엄청나게 부풀어 오르는 경우가 있지. 너처럼 말이다.”

무슨 일이든지 빵과 연관시키는 아저씨의 얘기를 듣자 빵집으로 돌아왔다는 실감이 났다.

“죄송해요.”

망설이던 말이 겨우 나왔다.

“아니다. 아직 발효 중인 너한테 당장 빵이 되라고 강요한 거나 마찬가지였으니까 내가 잘못한 거지. 나도 내 방식만 고집했고.”

언젠가 시간이 오래 걸려도 천연 발효빵을 고집하는 이유에 대해 아저씨가 얘기한 적이 있었다.

“쉬운 방법을 선택하면 빠르게 결과물을 얻을 수 있겠지. 하지만 천천히 숙성을 시킨 것과는 달라. 천연 발효종을 쓴다는 건 빵에게 필요한 것뿐 아니라 필요하지 않은 것까지 주고, 스스로 그걸 걸러내고 선택하는 시간을 주는 거야. 오래 걸려도 그건 분명 다른 빵이야. 잘 숙성된 사람만이 온전히 자기 인생을 살 수 있는 것처럼. 그게 빵과 인생에 대한 내 철학이다."

처음 아저씨의 말을 들었을 때는 심각한 직업병이라고 생각했었다. 빵을 만드는 데서 철학적 깨달음을 얻다니. 하지만 지금은 조금이나마 빵에 담긴 아저씨의 '철학'을 이해할 수 있었다.

아저씨의 말대로라면 나는 지금 숙성 과정을 거치는 중인지도 모른다. 성인이 되어 사회에 나가기 전에 천천히 저온 숙성 중인 반죽. 내가 아직 아무것도 아닌 존재라는 생각이 드는 건 제대로 발효가 되지 않았기 때문일까. 내 몸에는 쉽게 부풀어 오르는 가공 이스트가 아닌 천연 발효종이 들어 있는 게 분명하다. 좋은 것과 필요한 것만 주어진 환경이라면 좋았겠지만, 나에게는 굳이 필요하지 않은 것들이 너무 많았다. 내가 걸러내기에 벅찰 정도로.

"제가 그만둔 걸로 생각하실 줄 알았어요. 돌아와도 안 받아주실 것 같았어요."

아저씨는 고개를 저었다.

"빵 생각이 나서라도 다시 올 줄 알았어. 그리고 넌 거짓말을 할 애가 아니니까."

무슨 말인지 몰라 눈을 깜빡거리면서 아저씨를 보았다. 아저씨는 자리에서 일어나 카운터로 갔다. 서랍을 열고 안에서 봉투를 꺼내와 탁자 위에 놓았다. 낯익은 봉투. 언젠가 셔터 아래로 밀어 넣고 갔던 내 이력서였다.

"기억나니?"

나는 고개를 끄덕였다.

"셔터를 내렸을 때, 사실은 빵집을 완전히 접을 생각이었다. 투병 중인 아내를 두고 내가 계속 빵을 만든다는 게 말도 안 된다고 생각했거든. 다 정리하고 시골에라도 내려가려고 했어."

위를 절제해서 더 이상 아저씨가 만든 빵을 먹지 못하는 사모님. 눈과 코로 빵을 맛보던 모습이 떠올랐다. 지금은 괜찮아졌다고 해도 언제 재발할지 모르는 상황이라 아저씨는 사모님의 건강에 각별하게 신경을 쓰고 있었다.

"처음에는 아르바이트생을 뽑아서라도 꾸려갈까 했었는데, 어차피 장사도 안 됐고 마침 건너편에 프랜차이즈 베이커리가 들어온다고 하니 다 소용없다 싶었지. 물론 아내는 반대했다. 가뜩이나 자기 때문에 내가 빵을 만드는 게 예전과 다르다는 말을 자주 했었거든. 사실 아내 때문만은 아니었는데…… 이미 그전부터 내 마음이 흔들리고 있었으니까."

아저씨의 얘기를 나는 묵묵히 듣고만 있었다.

"열정이 생기지 않았어. 이유는 정확히 모르겠다. 나는 예전처럼 빵을 만들지 못했어. 손님은 당연히 줄었고. 가게를 접는 게 순서라고 생각했지."

늘 묵묵히 반죽을 하고 빵을 굽던 아저씨가 그런 고민을 했다는 게 믿어지지 않았다.

"그때 미나 네 이력서가 들어와 있더구나. 처음에는 좀 놀랐어. 가게 문이 닫혀 있는데 누가 이력서를 넣고 갔나 싶어서. 이력서를 들고 왔다가도 우리 가게를 둘러보고는 그냥 돌아가는 사람도 있었거든. 나는 별 생각 없이 봉투에 든 걸 꺼내 봤다."

이력서가 든 봉투를 내려다본 아저씨는 그때 생각에 잠겼는지 잠시 말이 없었다.

"그 안에 답이 있더구나."

아저씨는 봉투를 가리키며 열어보라고 했다.

차가운 바닥에 엎드려서 꾹꾹 눌러썼던 글자들. 아저씨는 손가락을 뻗어 이력서 말미에 쓴 간단한 소개서를 가리켰다.

당장 쓰러질 것 같은 상황에서도 발딱 일어서는 잡초 같은 생명력!
세상을 두려워하기보다 세상이 나를 두려워하게 만들자는 좌우명!
안 하는 일은 있어도 못할 일은 없다는 자신감!

제가 가진 전부입니다. 그중 일부를 쓰실 수 있는 기회를 드리겠습니다.

나를 쓸 수 있는 기회를 드린다니…… 얼굴이 화끈거렸다.

"못하는 게 아니라 안 하려고 했던 거였어. 스스로 포기하고 싶었던 거다."

아저씨는 혼잣말처럼 중얼거렸다.

"어린 학생도 알고 있는 걸 내가 몰랐던 거야. 알면서도 외면했던 건지도 모르고. 그래서 나도 그렇게 해보기로 한 거다. 쓰러질 것 같은 상황에서도 일어서는 잡초 같은 생명력으로. 못하는 게 아니라 안 하려고 했던 일들을 다시 하기로."

아저씨의 얼굴은 빵을 만들 때처럼 진지했다.

"나한테 거짓말을 한 건 아니겠지?"

아저씨 말에 나는 대답을 하지 못했다. 목이 꽉 막혀 한마디도 나오지 않았다. 나는 겨우 고개만 끄덕였다. 가슴이 벅차왔다. 나를 믿어주는 사람이 있다는 사실 때문에, 내 생각이 틀리지 않다고 말해주는 것 같아서. 화를 내고 가게를 뛰쳐나갔던 일이 부끄러워졌다.

"가게 문을 닫기 전에 네가 돌아와서 다행이다."

"가게 문을…… 닫아요?"

갑작스러운 아저씨 말에 목구멍에 걸려 있던 소리가 겨우 터져 나왔다. 아저씨는 아직도 푸근한 미소를 걸고 있었다.

"벤치 타임이 필요한 것 같다. 나도, 미나 너도, 구자혁 빵집도."

벤치 타임. 성형을 하기 전에 몇 분 동안 반죽을 쉬게 해주는 시간이다. 아저씨는 이 과정을 거치지 않고 바로 성형을 하게 되면 원하는 빵 모양이 나오지 않는다고 했다. 글루텐의 배열을 정돈하고 성형이 잘되게 하기 위해서 꼭 필요한 시간.

구자혁 빵집은 더 나은 빵을 만들기 위해서 벤치 타임에 들어가기로 했다. 나와 아저씨도 함께.

마들렌

구자혁 빵집이 문을 닫았다. '더 나은 모습으로 찾아뵙겠습니다' 라는 안내문을 문 앞에 붙여두었다. 셔터를 내렸지만 빵집 안은 분주했다. 진열대의 배치를 바꾸고 인테리어도 새로 하기로 했다. 큰돈을 들일 수 있는 형편이 아니라 아저씨와 내가 직접 할 수 있는 방법을 찾았다. 아저씨의 바람대로 가게는 '프랑스 풍'으로 꾸미기로 했다. 에펠탑 사진이 커다랗게 들어간 벽지는 아저씨가 직접 구해왔다.

아저씨, 사모님과 함께 머리를 맞대고 빵에 대해서도 의견을 냈다. 비니 모자를 벗은 사모님의 머리에 까슬까슬하게 머리카락이 올라오고 있었다. 전보다 혈색이 좋아진 사모님 모습에 아저씨는 덩달아 기분이 좋아 보였다.

"내가 할 일은 빵을 만드는 것까지야. 선택은 손님들 몫이다."

아저씨는 여전히 고집을 꺾지 않았다. 그건 아저씨가 빵을 굽는 한 절대 양보하지 않을 고집이었다. 결국 빵집을 알리는 일은 나와 사모님이 고민해보기로 했는데, 이번에는 아저씨도 한발 물러나 있었다.

"구자혁 빵집은 다른 집 빵과는 다르다는 걸 내세워요. 빵 종류도 더 늘려요. 정말 아저씨의 철학을 담을 수 있는 빵으로요. 사람들이 구자혁 빵집을 모르는 건 빵에 담긴 아저씨의 철학을 모르기 때문이라고요."

내 말에 아저씨는 한동안 생각에 잠긴 얼굴을 했다.

"혼자 잘 해낼 수 있을지……"

사모님이 아저씨의 손을 꼭 잡아주었다.

"혼자가 아니잖아요. 나도 있고 미나도 있고. 예전에 연구하고 만들었던 빵을 생각해봐요."

사모님이 아저씨에게 기운을 실어주었다.

"저한테 한 가지 방법이 떠올랐어요. 입으로만 음식을 먹는 건 아니잖아요. 생각해보니까 아저씨 빵에 철학만 있는 게 아니었어요."

사모님과 눈이 마주쳤다. 음식은 입으로만 먹는 게 아니었다. 눈으로, 코로도 먹을 수 있고 가슴으로 느낄 수도 있음을 나는 구자혁 빵집에 와서 깨달았다.

아저씨와 사모님이 인테리어에 필요한 물품을 사기 위해 빵집을 나가고 나서, 나는 뒷정리를 했다. 가게 일을 도와주겠다며 찾아온 지수가 바닥에 널려 있는 쓰레기를 치우면서 투덜거렸다. 코를 벌름거리다가 손으로 싸쥐었다가를 반복하고 있었다.

"왜 따라와서 고생이야?"

"얘기했잖아. 일 도와주는 대신 나 좀 재워달라고."

"나도 얹혀 지내는데 날 도와주면 뭐해? 그리고 학원 멀쩡히 나오고 친구 집에서 자는 게 가출이냐?"

"가출이 뭐 별거야? 집에 안 들어가면 가출이지. 그리고 나 애순 아줌마도 많이 도와주거든."

"너희 집에서 금방 찾을 텐데."

"그래도 안 들어가."

지수가 진지하게 말했다. 내가 애순 아줌마의 집으로 옮길 즈음 지수는 집을 나왔다. 애순 아줌마한테 갑자기 객식구가 두 명이나 생긴 것이다. 지수가 가출을 한 것은 좀 의외의 일이었는데, 이제는 연예인이 되는 것을 포기하겠다고 했다. 그 말에 오히려 지수의 엄마가 펄쩍 뛰고 있었다. 지수는 분명히 크게 될 거라고 확고하게 믿고 있다는 거였다.

"학교 다니기 전부터 방송국에 드나들었어. 근데 이 길은 내 길이 아닐지도 모른다는 생각이 들어. 재능도 없는 것 같고."

"연기 말고 하고 싶은 거 있어?"

"아직 몰라."

지수가 쓰레기봉투를 묶으면서 말했다. 지수와 어울리지 않는 모양새였다. 내가 하고 있던 패스트푸드점 알바도 지수가 하기로 했다. 안 하던 알바까지 하겠다고 나서는 걸 보면 지수의 가출이 장난은 아닌 것 같았다.

"참, 경환이는 아직도 연락 없어?"

지수가 문득 생각났는지 물었다. 경환이에게서는 딱 한 번 메시지가 왔다. 애순 아줌마 집으로 이사를 하고 며칠 뒤였다.

나 잘 있어.

네 글자가 전부였다. 바로 전화를 했지만 그사이 전화기는 꺼져 있었다. 어디냐, 언제 올 거냐, 문자를 보냈지만 답장도 없었다. 경환이가 안고 있는 시한폭탄이 터질 것 같아서 걱정이 되었다. 경환이를 기다리고만 있는 상황이 답답할 지경이면서도 어디 가서 경환이를 찾아야 할지 알 수가 없어 발만 구르고 있었다. 결국 나는 경환이에게 마지막 문자를 보냈다.

누나가 잘못했다. 그만 돌아와.

전송 버튼을 누르고 한참 동안 휴대폰을 바라보았지만 경환이는 끝까지 답이 없었다.

경환이도, 양수도 연락이 끊겼다. 나는 제자리에 있건만 나를 찾아오지도 대답도 주지 않았다. 이대로 기다리고 있으면 돌아와 줄까.

지수가 나가고 나서, 어수선한 매장 구석에 앉아 나는 사진을 한 장씩 넘겨보았다. 아저씨가 프랑스에서 공부할 때부터 시작했다는 스크랩이었다. 직접 맛을 보고 사진을 찍고 빵의 레시피를 연구하던 아저씨의 모습이 고스란히 느껴졌다. 사진에 가까이 다가가서 크게 숨을 들이마시자, 거짓말처럼 사진 속에서 빵의 향기가 났다.

"아무한테도 보여주지 않던 건데 궁금하면 봐도 좋다."

빵집에서 일하는 시간을 연장하기로 하면서 나는 갑자기 특별대우를 받는 기분이 들었다. 빵 종류를 늘리게 되면 아저씨 혼자 일을 도맡아 하기에는 힘든 상황이라 내가 아저씨 일을 돕기로 했다. 잔심부름을 하거나 반죽 상태를 살피는 일이겠지만, 그래도 공부가 필요하다면서 아저씨의 책과 스크랩 파일을 얼마든지 봐도 좋다고 허락했다. 프랑스 빵부터 독일, 네덜란드, 그리고 일본 빵까지. 빵 종류가 이렇게나 많다니…… 마치 신세계를 발견한 것 같았다.

아저씨가 정리한 스크랩에는 직접 빵을 만들면서 터득한 나름의 방법들이 상세하게 기록되어 있었다. 둥글리기 하는 반죽의 양과 발효 시 온도와 습도까지, 그 어떤 책보다 상세하고 구체적으로 적혀 있었다. 아저씨가 말하는 빵의 철학에 한 발짝씩 다가가는 느낌이 들었다.

마들렌.

프랑스의 대표 과자라는 조가비 모양이 내 시선을 끌었다. 어디

에선가 본 듯한 기억, 그리고 아저씨의 메모.

'기순 씨가 좋아하는 과자.'

기순 씨는 사모님 이름이었다. 사모님을 위해 작은 조가비 모양을 구워냈을 아저씨를 생각하자 웃음이 삐져나왔다.

아빠는 엄마를 위해 뭘 만들었을까. 아빠가 처음 엄마를 만났을 때, 엄마는 옷 가게의 점원이었다. 식당에서 주방 일을 하던 아빠는 엄마의 마음을 얻기 위해 매일 점심 도시락을 선물했고, 엄마는 아빠의 정성이 미안해서 한번 만나주었다고 했다. 결혼해서 나와 경환이까지 낳고 살게 될 줄은 몰랐다며 엄마는 수줍게 말했었다. 누군가를 위해 음식을 만든다는 것은 고백과도 같은 일인 걸까.

마들렌의 레시피를 보았다. 재료나 과정이 다른 빵에 비해 비교적 간단해 보였다. 제빵실로 들어가서 재료를 하나씩 준비했다. 아저씨가 메모한 순서대로 마들렌을 만들기 시작했다. 계란을 풀고, 밀가루를 체에 내리고, 재료를 섞었다. 레몬즙을 떨어뜨리자, 상큼한 냄새가 퍼지면서 양 볼에 사탕을 문 것처럼 침이 고였다. 조가비 모양의 틀을 꺼내 반죽을 조금씩 부어주었다. 오븐의 온도를 맞추고 팬을 집어넣었다. 작은 틀에서 조가비가 점점 부풀어 오르고 있었다.

마들렌이 완성될 때를 기다리며 나는 오븐 앞을 떠나지 않았다. 경환이랑 얼굴을 마주 대고 앉아 부풀어 가는 빵을 바라보던 추억이 마들렌의 향기처럼 퍼져 나갔다.

"빵이 부풀어요."

혼잣말을 해보았다. "엄마! 빵이 부풀어요!" 앵무새처럼 소리치던 경환이. 그리고 엄마의 미소. 모든 게 사라졌지만, 나는 그때처럼 부풀어 오르는 빵을 보고 있었다. 신기하고 달콤한 마법의 시간이 다시 내게 찾아왔다.

완성된 마들렌은 사진 속 아저씨의 것과는 많이 달랐다. 반죽을 너무 많이 부었는지 어떤 것은 틀 밖으로 흘러나와 모양이 일그러져 있었다. 표면은 구멍이 숭숭 뚫렸고 온도와 시간 조절을 잘못했는지 겉은 거뭇거뭇했다. 처음부터 쉽게 되는 일은 없으니까, 스스로를 위로했다.

마들렌 하나를 입안에 넣었다. 조가비가 부드럽게 혀끝에서 녹았다. 사모님에게 수줍게 조가비를 꺼내놓는 아저씨의 얼굴이 그려졌다. 사모님이 맛본 것은 조가비가 아니라 그 안에 있는 진주였을 것이다. 아빠가 엄마에게 건넨 도시락 안에도 진주가 있었겠지. 처음으로 혼자 만들어본 빵을 나는 천천히 맛보았다. 생김새에 비해서 맛은 나쁘지 않았다.

"이렇게 예쁜 빵을……"

빵을 가지러 온 할아버지가 내가 만든 마들렌을 보고 감탄했다. 주름진 얼굴에 웃음이 번지자 주름이 더 깊게 패였다. 할아버지도 혼자라고 했다. 가족들은 다 어디 갔는지 궁금했지만 묻지 않았다. 세상에 처음부터 혼자인 사람은 아무도 없는데 혼자가 되어버린 사람은 많았다.

"네가 만든 거니?"

아저씨가 빵집으로 들어오자마자 코를 킁킁거리더니 마들렌을 보고 물었다.

"아저씨 파일에 있는 걸 해보고 싶어서……"

나는 잘못을 저지른 아이처럼 주눅이 들어 얼버무렸다. 아저씨는 내가 만든 빵을 내려다보기만 할 뿐 달리 말이 없었다.

"마들렌이네요?"

반가워한 이는 사모님이었다. 사모님은 마들렌의 냄새를 맡고 눈으로 맛을 보았다.

"미나가 빵 만드는 데 관심이 있나 봐요."

사모님의 말이 내 가슴을 묘하게 파고들었다. 잘했다고 칭찬을 받은 것도 아닌데 내게는 그 이상의 말로 들렸다. 지금까지 나는 내가 뭘 잘한다고 생각한 적이 없었다. 잘한다는 말을 들어본 기억도 없었다. 오로지 돈을 벌기 위해 일했을 뿐, 하고 싶다는 생각으로 움직여본 적이 없었다.

"빵이 어깨너머로 배운다고 되는 게 아니야."

빈말이라도 칭찬을 할 줄 알았다. 지난번, 내가 엉성하게 반죽을 했을 때도 완성된 빵을 구워주었던 아저씨가 아닌가. 제대로 배운 것도 아니고 혼자서는 처음인데 이 정도면 괜찮다고 하지 않을까 살짝 기대했지만, 이번엔 냉정했다. 드라마에서 보면 처음 하는 일도 주인공은 뭐든 척척해내던데 역시 현실은 달랐다.

"이거, 다시 만들어요."

사모님이 아저씨에게 대뜸 말했다.

"나를 위해서 이걸 만들어요."

닭살스러운 말이기는 해도 사모님의 목소리에는 거역할 수 없는 힘이 담겨 있었다. 아저씨는 내가 만든 조가비를 한입에 넣었다. 그리고 대답도 없이 주방으로 들어갔다.

나는 모양이 잘 나온 마들렌을 골라 포장지에 넣었다. 끈으로 묶고 나서 리본도 하나 달았다가 그냥 풀었다. 너무 신경 쓴 것처럼 보이고 싶지 않았다. 포장된 마들렌은 가방 안에 잘 넣어두었다.

양수가 다니는 학원 앞으로 갔다. 학원의 이름이 쓰여 있는 버스가 차례로 도착했고, 아이들이 우르르 내렸다. 나도 모르게 건물 쪽으로 몸을 붙이고는 딴청을 부리는 척했다. 지나가는 아이들의 얼굴을 살폈다. 양수가 다니는 학원이 크다는 것은 알고 있었지만 막상 와서 보니 생각했던 것 이상이었다. 내가 다니는 검정고시 학원과는 비교조차 되지 않았다. 그 사이에서 양수를 찾기는 쉽지 않았다. 그냥 돌아갈까 망설이면서도 나는 버스가 도착할 때마다 아이들 사이에서 양수를 찾고 있었다. 개중에는 승용차로 오는 아이들도 있었고 걸어오는 아이들도 있었다. 양수가 어떤 방법으로 올지 알 수 없었다. 혹시 양수 아버지가 양수를 데리고 올까 봐 몸을 돌려 숨을 준비까지 했다. 내가 지금 여기서 뭐하고 있는지 스스로 생각해도 이해가 되지 않았지만, 그러면서도 계속 양수를 기다렸다.

"미나?"

고개를 돌려 보았다. 그렇게 열심히 양수를 찾았건만 정작 양수가 나를 먼저 발견했다. 양수는 꽤나 놀란 얼굴이었다. 막상 양수와 마주치자 어색한 기분이 들었다.

"요즘 안 보여서 무슨 일 있나 하고."

내 말에 양수가 쓴웃음을 지어 보였다. 내가 와서 불편한 걸까. 아이들이 지나가며 양수에게 아는 체를 했다.

"수업 때문에 들어가 봐야 돼."

양수의 말에 나는 약간 당황했다. 이건 무슨 분위기지? 서운한 감정이 차올랐지만 여기까지 왔는데 그냥 돌아갈 수도 없었다. 나는 가방에서 포장된 마들렌을 꺼냈다.

"내가 만든 거야."

양수는 말없이 내가 내민 마들렌을 받았다.

"그럼, 간다."

나는 그대로 돌아섰다. 양수가 내 팔을 잡을지도 모른다고 생각했지만 그러기는커녕 내 이름조차 부르지 않았다. 등 뒤에서 양수가 어떤 표정을 짓고 있을지 궁금했다. 내가 건넨 마들렌을 보고 비웃고 있는 건 아닐까. 휴지통에 버리지는 않을까. 괜히 왔다는 후회가 밀려왔다. 큰길을 벗어나서 학원과 멀어진 다음에야 뒤를 돌아보았다. 바쁘게 움직이는 사람들과 화려한 네온사인 사이에서 내가 만든 마들렌이 딱딱한 조가비로 변해버린 것 같았다.

잘 가, 양양수

보글보글 찌개 끓는 소리가 났다. 도마 위로 떨어지는 칼 소리. 금방 지은 밥과 음식 냄새는 꿈속까지 스며들었다. 이것도 꿈일까, 아니면 현실일까. 나는 눈을 뜨고 싶지 않았다. 꿈이라면 더 오랫동안 머물고 싶었다. 냄새로 음식을 먹는다는 게 이런 느낌인 걸까.

"이미나! 최지수! 빨리 일어나."

아줌마가 발로 툭툭 건드렸다. 꿈이었나 보다.

"밥 먹게 일어나라고."

아줌마가 말하고 방을 나갔다. 지수가 먼저 일어나서 나를 흔들어 깨웠다. 지수는 아직도 가출 중이었다.

얼마 전 지수 엄마가 갑자기 들이닥쳤다. 어떻게 알았는지는 물을 필요도 없었다. 오지랖 대마왕의 집으로 가출을 감행한 것이

애초에 잘못된 선택이었다면서 구시렁거렸지만 지수는 엄마 앞에서도 결심을 굽히지 않았다.

"다 큰애가 왜 남의 집에 폐를 끼치고 그래? 연예인이고 뭐고 하기 싫으면 하지 마. 다 관둬."

마침내 지수 엄마가 손을 들었지만, 지수는 생각을 정리하고 가겠다고 고집을 부리다가 등짝을 얻어맞았다. 하는 수 없이 지수의 엄마는 애순 아줌마에게 몹시 미안해하면서 음식이며 생필품을 잔뜩 사다놓고 갔다.

지수와 내가 식탁에 앉자 아줌마가 냄비를 올려놓았다. 꿈이 아니었다. 잠결에 들었던 소리와 냄새. 모두 현실이었다. 정말 애순 아줌마가 만든 음식이었다. 애순 아줌마는 요리를 안 하는 줄 알았다. 낮엔 일을 하고 밤엔 공부를 하고 미용 기술까지 배우러 다니느라 같은 집에 있으면서도 아줌마가 음식을 만드는 모습은 보지 못했다. 자연스럽게 밥은 늘 대충 해치우곤 했다. 이렇게 제대로 차린 밥상을 본 것은 처음이었다.

"이거 진짜 아줌마가 한 거예요?"

지수가 물었다. 평범한 음식이지만 나에게는 특별한 요리처럼 보였다. 된장찌개, 김치와 나물, 계란말이……

"이래 봬도 내가 소녀 가장이었잖니. 안 해서 그렇지 초등학교 때부터 동생들 밥해준 실력이다."

"음. 맛있다."

지수가 먼저 찌개를 맛보며 말했다. 나도 된장찌개를 입으로 가져왔다. 입안으로 흘러들어온 찌개가 목구멍을 타고 넘어갈 때까지 나는 그 맛을 음미했다. 나도 모르게 목이 메어와서 조용히 숟가락을 내려놓고 고개를 숙였다.

"갑자기 웬 기도?"

지수가 장난스럽게 말했다.

"맛없어?"

애순 아줌마는 그럴 리가 없다는 얼굴로 찌개를 떠서 맛을 보았다.

"아뇨, 맛있어요."

대답하는 내 목소리가 갈라졌다. 지수가 숟가락을 든 채로 나를 멀뚱히 바라보았다.

"야! 너 왜 그래?"

지수가 당황해서 물었고 애순 아줌마도 숟가락을 내려놓았다. 나는 고개를 들어 씩 웃어 보이고는 다시 숟가락을 들어 밥을 크게 떴다.

"맛있어서 눈물이 다 나려고 하네."

애순 아줌마가 나를 바라보는 시선이 느껴졌다. 지수는 자기 그릇에 있는 밥을 푹 떠서 내 그릇에 옮겨 담았다.

"많이 먹어라, 응?"

나는 피식 웃었다. 울다가 웃다가 그러면서 밥을 먹었다.

밥에서, 찌개에서, 엄마가 느껴졌다. 내가 너무 그리워하던 엄마. 애순 아줌마하고는 얼굴도 닮지 않고 성격도 다른데 아줌마에게서 자꾸 엄마가 겹쳐졌다.

이제는 엄마 아빠를 잊으려고 애쓰지 않는다. 생각나면 생각하고 그리우면 그리워하기로 했다. 어떻게 해도 잊을 수 없고 잊어서도 안 되는 거였다. 나를 낳고 품어주었으니까. 그건 잊고 싶다고 잊을 수 있는 게 아니니까.

나는 밥을 크게 떠서 눈물과 함께 꿀꺽 삼켰다.

아침에 먹은 밥 때문인지 하루 종일 기운이 났다. 오후가 돼도 배가 고프지 않았다. 빵집에서도 "제가 할게요!"라면서 무거운 짐을 번쩍 들어 올렸다.

"오늘 왜 그래? 무슨 좋은 일 있어?"

아저씨가 물었지만 나는 웃음으로 넘겼다.

가게 안은 나날이 바뀌고 있었다. 아저씨는 페인트칠을 하고 벽지를 바르고 가구를 날랐다. 오후에는 지수가 가끔 들렀고 애순 아줌마도 퇴근하고 구자혁 빵집으로 와서 일손을 보탰다.

애순 아줌마는 사모님의 건강에도 신경을 썼다. 암 환자와 가족들이 정보를 주고받는다는 카페에 가입을 하더니, 암 환자에게 좋은 음식이 뭔지 검색을 하고 이것저것 알아보았다. 이제는 오지랖 넓은 애순 아줌마의 참견이 고마운 생각까지 드는 걸 보면 나도 꽤 적응이 된 모양이다.

사모님은 가게가 변해가는 모습을 지켜보면서 얼굴에 생기가 돌기 시작했다. 어쩌다가 소리 내어 웃기라도 하면 아저씨는 엄청난 리액션으로 맞장구를 쳤다.

가게 안이 '프랑스 풍'으로 바뀌는 걸 보면서 아저씨는 매우 뿌듯해했다. 매일 에펠탑이 있는 사진 앞에서 진짜 파리에라도 와 있는 사람처럼 한참을 그렇게 서 있었다. 아마도 아저씨는 그때 꾸었던 꿈을 떠올리고 있는 것 같았다.

"미나! 왜 이래? 공부를 다 하고?"

장씨 아저씨가 느끼한 얼굴을 들이밀더니, 내가 공책에 끄적거린 프랑스 빵의 이름을 보고 눈을 동그랗게 떴다.

"근데 이게 무슨 말이야? 영어도 아니고."

"미나가 요즘 프랑스어 공부를 하잖아요."

지수가 농담으로 던진 말에 장씨 아저씨는 대단하다는 말을 열 번도 넘게 하며 오버했다.

나는 빌려온 책에서 눈을 떼지 않았다. 시험이 다가오는데 생각은 다른 곳에 있었다. 모든 게 빵으로만 보였다.

아저씨의 책에서 필요한 것을 메모하고, 정리하고, 그림까지 그려 넣으면서 입시 공부를 하는 학생처럼 빵에 빠져 있었다. 구자혁 빵집에 어울릴 만한 빵이나 내가 만들 수 있는 빵도 찾아보았다. 무엇이든 파고 들어가면 넓어지는 모양이다. 마치 블랙홀에 빨려 들어간 듯한 기분이 들었다. 그 안은 무한대였다.

"미나 언니!"

아인이가 들어오며 나를 불렀다.

"밖에서 어떤 오빠가 기다려."

"오빠?"

양수의 얼굴이 제일 먼저 떠올랐다. 지난번 학원 앞에서 헤어지고 나서 얼굴을 보지 못했다. 내가 뭔가 실수를 했다는 생각까지 들었다. 지금은 예전처럼 틈틈이 찾아오던 양수가 아니었다. 그것이 양수의 아버지 때문이든 공부 때문이든 나는 양수에게 서운했다.

서둘러 자리에서 일어섰다.

"수업 시작할 건데 어디 가?"

계단을 내려오는데 애순 아줌마가 물었다. 대답할 겨를이 없었다. 곧 수업이 시작되기 때문에 시간이 별로 없었다.

건물 밖으로 나와 주위를 살폈다. 어둠 속에서 누군가 어깨를 움츠린 채 바닥을 내려다보고 있었다. 인기척을 느꼈는지 고개를 들어 나를 보았다. 경환이였다. 나는 천천히 앞으로 걸어갔다. 집을 나갈 때 입었던 티셔츠와 청바지 차림에 어디서 구했는지 모를 처음 보는 낡은 점퍼를 걸치고 있었다. 머리카락은 많이 자라 있었고 얼굴도 핼쑥해 보였다. 나는 금방 할 말을 찾지 못했다. 화를 내야 하나, 무사히 돌아왔으니 기뻐해야 하나.

"어디 있었어?"

생각보다 말이 딱딱하게 나왔다.

"잘 지냈어."

동문서답하는 버릇은 그대로다. 경환이가 주머니를 뒤적여 봉투를 내밀었다.

"뭐야?"

"얼마 안 돼."

봉투를 열어보았다. 만 원짜리 지폐가 꽤 있었다.

"뭐야, 이게?"

"일해서 번 돈이야."

"니가 무슨 일을 해?"

"나쁜 짓 해서 번 돈 아니니까 걱정 말라고."

나는 경환이를 빤히 보았다.

"진짜냐고 묻지 마. 기분 나쁘니까."

경환이가 내 마음을 짐작하고 말했다.

"그리고 지난번 합의금은 해결했어."

경환이한테 맞아서 안경이 날아갔던 아이. 일주일 기한을 주겠다던 아이 엄마에게서는 아직까지 연락이 없었다. 이상했지만 내 쪽에서 먼저 연락을 할 수도 없는 노릇이라 차라리 잘됐다고 여기고 있었다.

"바른 대로 말해. 너 어디서 뭐하고 다녔어? 백만 원을 어디서 구하고, 이 돈은 또 뭐냐고?"

그동안의 걱정들이 다그침으로 쏟아져 나왔다. 머리는 참으라고 하는데 말은 곱게 나오지 않았다.

"꼴통 자식, 수학 가르쳐주는 걸로 합의 봤다, 왜!"

경환이가 소리를 빽 질렀다.

"진작 그렇다고 말하면 되지 왜 소리를 질러?"

나도 지지 않고 악을 썼지만 마음 한구석에 걸려 있던 바윗덩이가 비로소 치워진 기분이었다. 그제야 내 동생답다는 생각이 들었다.

"친구 아버지가 하는 식당에서 일 도와주고 있어. 밥도 주고 잠잘 데도 있으니까 걱정하지 마. 개학하면 학교 갈 거니까 그것도 걱정 마. 난 너처럼 학교 포기 안 해."

경환이가 툭 내뱉고는 돌아섰다. 끝까지 나를 걸고넘어진다. 나쁜 녀석.

경환이를 잡아야 했지만 돌아온다 해도 당장 들어갈 집이 없었다. 경환이까지 애순 아줌마네서 신세를 질 수는 없었다.

"친구 누구네 있는 건데? 전화하면 좀 받아!"

내가 소리쳤지만 경환이는 돌아보지 않았다. 경환이가 준 봉투를 내려다보았다. 하나뿐인 내 동생. 따뜻하게 몸을 누일 방 한 칸이라도 있다면 당장이라도 달려가서 경환이를 붙잡고 싶었다. 더부룩하게 자란 경환이의 머리카락과 뒷모습이 점점 멀어졌다.

"누구야? 남친?"

깜짝 놀라서 돌아보았다. 교수님이 실눈을 뜨고 경환이를 보고 있었다.

"동생이에요."

"난 또. 양다리인 줄 알았지."

"네?"

내가 묻자 교수님이 점퍼 안주머니를 뒤적여 봉투를 꺼냈다.

"어떤 녀석이 대검 3반 이미나 좀 전해주라더라. 키는 너보다 좀 작고 안경을 썼는데 눈이 이렇게 부리부리한 게……"

설명을 하던 교수님이 내 손에 있는 봉투를 보았다. 경환이가 건넨 봉투를 그때까지 들고 있었다.

"그건 또 뭐냐?"

"아, 이거. 아무것도 아니에요."

나는 교수님이 내민 봉투를 받아들고 돌아섰다. 내 손에 봉투 두 개가 있었다. 갑자기 사라져버린 두 남자가 건넨 두 개의 봉투. 나는 빠르게 계단을 올라와서 화장실로 들어가 문을 잠갔다. 경환이에게 받은 봉투는 주머니에 넣어두고 교수님에게 받은 봉투를 뜯어보았다. 키가 작고 눈이 부리부리한 녀석. 봉투 안에는 쪽지가 한 장 들어 있었다. 펼쳐보니 또박또박 쓴 양수의 글씨체가 눈에 들어왔다. 갑자기 웬 편지일까.

미나야, 잘 지냈어?

그동안 정말 미안해.

전화하고 싶고 하루에도 몇 번이나 네 생각이 났지만, 너에게 갈 수는 없었어.

나를 조금만 이해해주길 바란다.

휴대폰은 번호도 바꾸고 이제는 엄마랑 선생님들하고만 연락할 수 있게 되어 있어.

메일을 보냈는데 열어보지 않았더라.

내 마음을 전할 방법을 찾다가 이렇게 편지를 쓴다.

지금은 내가 할 수 있는 게 아무것도 없어.

뭘 해야 할지도 모르겠고……

그리고 나, 이제 곧 떠나.

학교에 자퇴서를 낼 거야.

뉴질랜드에 가서 공부하기로 했거든.

여기에 있으면 공부에 집중을 못한다고 엄마 아빠가 결정하신 일이고, 나도 따르기로 했어.

널 두고 가는 게 나한테는 너무 힘든 일이지만 영원히 가는 건 아니니까.

이번 주 토요일 다섯 시에 꽃사슴에서 만나자.

약속 꼭 지킬게.

p.s. 참, 지난번에 준 빵, 정말 맛있었어. 지금까지 먹어본 것 중에 최고야.

양수가

자퇴서. 양수도 학교를 그만둔다. 뉴질랜드가 어디쯤에 있는 나라인지 머릿속에 세계지도를 펼쳐보았다. 비행기를 타고 바다를 건너 한참을 더 가야 하는 곳.

나는 양수의 쪽지를 잘 접어서 주머니에 넣었다. 쪽지가 들어간 가슴 한쪽이 시려왔다. 다시 돌아왔다고 생각했는데 더 멀리 떠나게 됐다. 또 나만 남게 되는 걸까. 혼자 남겨진다는 것에 적응이

됐다고 생각했는데 아직 아닌가 보다.

십 분 일찌 도착했는데 양수가 먼저 와서 기다리고 있었다. 꽃사슴 입구에서 나를 발견한 양수가 손을 크게 흔들었다.

"지난번에 놀이공원 말인데……"

"아, 미안. 알바 때문에 못 갔어."

"그래? 사실은 나도 못 갔어. 혹시 나와서 기다릴까 봐 걱정했는데."

양수가 다행인지 서운함인지 알 수 없는 얼굴을 했다.

우리는 꽃사슴 안으로 들어가서 라면과 김밥을 시켰다. 어쩌면 양수와 먹는 마지막 라면이 될 수도 있었다.

"자퇴서는?"

"냈어."

"뉴질랜드는 언제 가는데?"

"다음 주."

"그렇게 빨리?"

나도 모르게 놀란 표정을 짓고 말았다.

"자퇴서 내기 전에 준비를 마쳤어. 뉴질랜드에 사촌 누나가 살고 있거든. 거기서 지낼 거야."

나는 고개만 끄덕였다.

"거기서 공부하다가 미국으로 가라는 게 엄마 아빠 생각인데…… 난 다시 한국으로 오고 싶어. 내가 진짜 하고 싶은 게 뭔지 생각해보고 한국에 와서 공부할 거야."

그럼 몇 년의 시간이 걸리는 걸까, 우리는 몇 살이 될까, 그때는 서로가 어떤 모습일까. 대학생이 된 양수. 그리고 나는……

"2차는 내가 쏜다."

꽃사슴에서 나오며 내가 말했다.

"아니야. 너한테 얻어먹는 건……"

"내가 쏜다니까. 싸고 맛있는 커피 파는 데를 알거든."

나는 양수를 데리고 공원으로 갔다. 공원 근처에 있는 트럭 카페에서 라떼 두 잔을 주문했다. 커피가 나오는 동안 양수와 나는 아무 말도 하지 않았다. 추위가 많이 누그러져 당장이라도 봄이 올 것 같은 날씨였다.

커피를 들고 양수와 공원 벤치에 나란히 앉았다.

"아버지한테 좀…… 혼났어."

양수가 먼저 입을 열었다. 초저녁의 공원은 한적했다. 간혹 산책이나 운동을 하기 위해 나온 사람들이 오갈 뿐이었다.

"나 때문에? 나 같은 애랑 어울린다고?"

"아, 아냐, 그런 거."

양수가 정색을 하면서 말했다.

"네가 어때서? 넌 정말……"

양수가 말을 끝맺지 못했다. 나는 피식 웃고 말았다.

"사실은 아버지한테 도망치고 싶어서 가는 거야, 뉴질랜드."

뜻밖의 말이었다. 양수가 원해서 가는 게 아니라고 생각했다.

부모님의 결정에 마지못해 따르는 줄로만 알았다.

"지금은 아버지를 피하고 싶어. 내가 어른이 되고 혼자 힘으로 뭔기를 할 수 있을 때까지만이라도."

양수의 기분을 이해할 것 같으면서도 한편으로는 이해할 수 없었다. 가족과 떨어져 지내기 위해 그렇게 먼 길을 선택하다니.

나는 학원과 빵집으로 돌아간 이야기를 했다.

"잘됐다. 시험도 얼마 안 남았는데."

양수는 이번에도 내 선택이 옳다고 말해주었다.

"지금은 기출문제 공부하면서 마무리하는 중이야."

"빵집은?"

"벤치 타임 중."

양수가 큰 눈을 깜빡였다.

"잠깐 문을 닫았어. 인테리어도 바꾸고 빵 종류도 새롭게 하자고 했거든."

"그렇구나. 너도 빵 만드는 거야?"

"아니. 아저씨가 하는 거 보기만 해. 그래도 지난번 마들렌은 혼자 한 거야."

"재밌어?"

"신기해. 모든 게 다."

양수가 고개를 끄덕였다.

"미나야."

양수가 나직이 내 이름을 불렀다. 어떤 때보다 조용하고 부드러운 음성이었다.

"기다려줄 거지?"

나도 모르게 웃음이 나왔다.

"야, 뭐야. 드라마 대사 같잖아. 촌스럽게."

내 반응과 상관없이 양수의 얼굴이 진지했다.

"저……"

양수가 쉽게 말을 꺼내지 못하고 망설였다.

"혹시 괜찮다면…… 손, 잡아도 될까?"

양수가 나와 눈도 맞추지 못하고 말했다. 양수는 진짜 스몰 에이형이 분명했다. 양수가 뉴질랜드에서 돌아오면 우리는 이십 대가 된다. 그때는 나도, 양수도, 어떻게 변해 있을지 모른다. 나는 두 손을 펼쳐 양수의 볼을 잡고 내 쪽으로 고개를 돌렸다. 양수의 당황한 눈동자가 흔들렸다. 놀란 양수의 얼굴에 가까이 다가갔다. 그러고는 양수의 입술에 내 입술을 가져갔다.

"작별 선물이야."

양수는 그때까지도 놀란 눈을 하고 나를 보고만 있었다.

하늘을 올려다보았다. 총총히 떠 있는 별. 그중 하나가 유난히 반짝였다. 내 마음을 드러낸 게 의외로 부끄럽다는 생각이 들지 않았다. 오랜만에 느끼는 포근함. 별과 공원, 그리고 라떼. 양수를 떠올릴 때마다 생각날 것이다.

99%의 바게트

"야! 햇빛 들어온다."

애순 아줌마가 창문 앞에 서서 말했다.

"이런 걸 보고 쥐구멍에 볕 든다고 하는 건가?"

"지수 넌 다 좋은데 그게 문제야. 말하는 싸가지가 바가지라는 거."

"내가 틀린 말 했어요? 왕언니 아줌마 진짜 너무해요. 좀 좋은 데로 주지. 이게 어디 방이에요? 돌아서면 책상, 돌아서면 옷장. 청소하기는 편하겠다."

지수가 구시렁거렸다.

"공주님 눈에는 그렇겠지."

애순 아줌마는 여전히 지수에게 못마땅한 투로 말했다. 나는 옷을 정리하며 두 사람의 대화를 들었다. 지수의 말은 틀린 말이 아니었다. 방은 작은 서랍장과 옷장 하나만으로도 꽉 들어찼다. 남은 공간은 한 사람이 누울 정도밖에 안 되었다. 방문을 열면 신발을 신고 나가야 하는 작은 부엌이 있고 거기서 서너 걸음이면 경환이의 방이 있다. 경환이 방은 안쪽이라 창문이 없지만, 경환이는 순순히 창문 있는 방을 나에게 양보했다. 공부에 집중하려면 창문이 오히려 방해가 된다면서. 작기로는 경환이 방도 다르지 않았다. 가구라고는 행거 하나와 좌식 책상밖에 없지만 방 안은 꽉 찼다. 지수의 말대로 청소도 어렵지 않았고 짐 정리도 쉽게 끝났다. 그래도 지금까지 살던 곳에 비하면 우리에게는 특급 호텔 못지않은 곳이었다. 엄마 아빠가 돌아가신 이후로 경환이가 방에서 잠을 자기도 처음이었다. 나는 그 점이 감격스럽기까지 했다. 반지하이기는 해도 애순 아줌마의 말대로 볕이 들었다. 처음으로 경환이와 나에게 각자의 방이 생겼다.

"우리끼리 지낸 다음부터 창문 있는 집은 처음이야."

내 말에 지수가 구시렁거리던 입을 다물었다. 지수에게 무안을 주려고 한 말이 아니었다. 내 방을 가진 설렘을 말하고 싶었다.

"후원자가 생겼어요."

사회복지사 언니가 전화로 알려왔을 때는 얼떨떨했다. 매달 이삼만 원씩 후원금을 보내주는 사람은 있었지만 그 이상의 후원은 처음이었다. 누구인지 물었지만 복지사 언니는 말해주지 않았다. 후원자가 꼭 비밀로 해달라고 했다면서.

나는 애순 아줌마를 의심스럽게 바라보았다.

"야, 나 그렇게 돈 많은 사람 아니야."

애순 아줌마는 단호하게 말했다. 거짓말은 아닌 것 같았다. 나는 주변 사람들을 하나씩 떠올려봤다. 모두에게 의심이 들었지만 감이 잡히지 않았다. 아저씨는 빵집 일만으로도 정신이 없었고 담임은 형편이 좋지 않았다.

"누구지, 진짜? 분명히 내가 아는 사람 같은데."

"미나야, 너 뭔가를 대단히 착각하는 것 같은데 후원자님께서는 네가 아니라 경환이를 후원하겠다고 하셨거든?"

"그게 그거지."

지수의 말에도 나는 여전히 주변 사람에 대한 탐문을 멈추지 않았다. 당장은 누구인지 몰라도 꼭 알아내서 언젠가는 보답을 하고 싶었다.

후원금으로 집을 먼저 구했다. 경환이가 집으로 들어올 수 있어야 했다. 내 사정을 아는 왕언니 아줌마가 보증금을 적게 받고도 방을 내주었다. 월세를 밀리면 당장 방을 빼라고 할 거라는 조건을 달면서. 왕언니 아줌마가 알면 싫어할지 모르지만 나는 진짜 할머니네 집에 온 것 같은 기분이 들었다.

이제는 엄마 아빠가 보고 싶을 때는 언제든 창문을 열어 볼 수 있었다. 달빛이 들어오고, 반짝이는 별을 볼 수도 있었다. 떠오르는 해를 느낄 수 있는 곳. 눈을 감아도 빗소리가 들리는 곳. 지수는 방범창 때문에 감옥에 갇힌 것 같다고 했지만 나는 상관하지 않았다. 창살 사이로도 빛은 들어오니까.

이사를 하고 경환이까지 들어오고 나서야 나는 결심을 굳혔다. 그동안 생각만 해왔던 일을 아저씨에게 고백하기로 마음먹었다. 할 얘기가 있다는 말을 진지하게 꺼내놓고 나서도 한참 뜸을 들인 후에야 입을 열었다.

"저도 빵을 만들고 싶어요. 어깨너머로 배우는 거 말고, 제대로 배워보고 싶어요."

내 말에 아저씨는 놀라기는커녕 표정조차 변하지 않았다. 언젠가는 내가 이런 얘기를 할 거라는 걸 미리 알고 있었다는 듯이. 잠시 나를 바라보는가 싶더니 아저씨는 다시 바게트의 모양을 만들기 시작했다. 끝이 뾰족한 바게트. 기계로는 만들 수 없는 모양이 아저씨의 손끝에서 나왔다. 가게 문은 아직 닫힌 상태였지만 아저씨는 예전보다 더 열심히 빵을 굽고 있었다. 아저씨의 침묵이 길어지자 나는 기다리지 못하고 준비한 말을 꺼내놓기 시작했다.

"솔직히 저는 아저씨랑 다른 빵을 만들고 싶어요. 아저씨가 아버지와는 다른 빵을 만들었던 것처럼요. 하지만 그전에 아저씨 빵을 먼저 배울래요. 아저씨의 철학이 담긴 빵이요. 천천히, 시간을 들여야만 만들 수 있는 빵이요."

이 정도면 아저씨가 조금이라도 감동할 거라고 기대했다. 나를 기특하게 생각해 칭찬해주지 않을까. 아저씨에게 고백하기로 마음을 먹으면서 나는 아저씨의 표정을 상상해보았다. 여느 때보다도 부드러운 웃음을 지을 아저씨의 얼굴과 나를 대견하게 바라보는 눈빛. 하지만 그건 내 상상에 불과했다. 굳게 입을 다문 아저씨는 작게 숨을 내뱉을 뿐 대답이 없었다. 오히려 뭔가 불편한 표정으로 나를 조바심 나게 만들었다. 성형을 마친 바게트를 팬에 올려놓고 나서야 아저씨가 내게로 시선을 돌렸다.

"왜?"

뜻밖의 질문에 나는 당황했다. 왜라니…… 빵을 배우고 싶다고 하면 분명 좋아할 줄 알았는데 내 기대와는 너무나 다른 반응이었다. 도대체 감동이라는 걸 모르는 아저씨였다.

"이유가 있을 거 아니니? 빵을 만들고 싶은 이유."

아저씨의 도움으로 처음 만들었던 바게트, 혼자 구웠던 마들렌, 등 뒤에서 보았던 아저씨의 빵들. 그리고 책에서 발견한 블랙홀 같은 빵의 세계. 그것들에 나는 마음을 빼앗겼다. 그걸 어떻게 설명해야 할까.

"그냥…… 아니, 좋아서요. 맛있어서요."

나는 겨우 두 마디를 했다. 단순한 두 가지 이유가 가장 솔직한 내 마음이었다. 사랑을 사랑 이상의 어떤 말로 표현하기 힘든 것처럼. 아저씨는 한 손으로 거뭇거뭇 수염이 올라온 턱을 문지르더니 아까처럼 흠, 작게 한숨을 뱉어내기만 했다.

"빵이 아니어도 맛있는 건 많잖아. 근데 왜 빵이냐고."

"겨우 몇 번 만들어봤지만, 좋았어요. 해보고 싶어요."

이번에도 아저씨는 고개를 저었다.

"빵을 만드는 건 쉬운 일이 아니야. 나랑 다른 빵을 만들겠다는 걸 보니 근사한 빵을 생각하는 것 같구나."

역시 아저씨는 내 마음을 읽고 있었다.

"물론 그건 상관없다. 얼마든지 그래도 돼. 음악에도 여러 장르가 있고 미술도 마찬가지지. 요리도 그렇고. 자기가 하고 싶은 분야를 하면 돼. 어떤 게 좋다, 나쁘다 할 수는 없거든. 하지만 이유가 분명해야 돼. 그냥 좋아서, 이 정도로는 안 된다는 말이다. 겉모습만 보고 시작했다가는 금방 포기할 수도 있어."

아저씨의 말에 나는 기운이 쫙 빠져버렸다. 어른들은 왜 한 번에 그래, 라고 하지 못할까. 아저씨는 나에게 이유를 물었지만 나도 아저씨에게 묻고 싶다. 이유가 필요한 이유를. 좋은데, 그 이상 무슨 이유가 필요한 걸까.

답답한 내 마음은 몰라주고, 아저씨는 그 이유를 분명하게 생각해오지 않으면 빵을 만들 생각도 하지 말라고 잘라 말했다. 바게트 하나에도 철학을 운운하는 아저씨. 그런 철학을 쉽게 넘겨줄 거라는 기대는 하지 않았다. 그렇다고 처음으로 품은 내 꿈에 이렇게까지 태클을 걸 줄이야. 야속하다는 생각마저 들었지만 어쩔 수 없었다. 아저씨가 원하는 대답을 찾는 수밖에. 덕분에 나는 하루 종일 '왜?'라는 말을 말풍선처럼 달고 다녔다.

왜?

그 한마디가 그렇게 어려운 질문인지 몰랐다. 집에 와 자려고 누워서도 한참을 뒤척였다.

아저씨의 스크랩 파일과 책에서 나는 무한한 빵의 세계를 발견했다. 그곳은 놀이공원같이 나를 들뜨게 했지만, 어떤 놀이기구보다 흥미로웠고 화려한 퍼레이드 행진보다 신이 났다. 어느 것 하나 내 눈을 끌지 않는 것이 없었다. 인테리어 공사 중인 가게의 뒷정리를 마치고 나서도, 나는 먼지가 날리는 가게에 남아 스크랩 파일과 책에서 보았던 빵들을 인터넷으로 찾아보았다. 비교적 간단한 쿠키 등은 직접 제빵실에서 만들어보기도 했다. 밤을 꼬박 새우고 닫힌 문틈으로 서서히 날이 밝아오는 것을 보아도 힘들지 않았다. 그제야 가게를 나와 버스를 타고 집으로 왔지만 버스 안에서도 내 머릿속은 온통 빵 사진과 레시피뿐이었다.

나는 이미 눈으로 다양한 빵과 과자와 케이크의 세계를 맛보았다. 다 다른 맛이 났다. 냄새로 빵을 먹는 사모님을 보았을 때, 내가 처음 만든 마들렌을 양수에게 전해주었을 때의 느낌을 기억한다. 맛있는 빵, 내 마음을 담을 수 있는 빵, 그래서 상대방을 행복하게 만드는 빵. 누군가에게 무언가를 줄 수 있다는 것이 어떤 의미인지 어렴풋하게 다가왔다. 그리고 나는 알았다. 내가 하고 싶은 일이 생겼다는 것을. 처음으로 하고 싶다고 느낀 일, 그것만으로도 설레었다. 드넓은 빵과 케이크의 세계에서 내 마음은 이미 멋진 파티시에가 되어 있는 상상으로 가득 찼다.

그게 이유였다. 그걸 한마디로 '좋다'라고 표현한 건데 아저씨는 그것으로는 부족하다고 했다. 아저씨가 내 마음을 모르는 게 아니라 내가 아저씨의 생각을 이해하지 못하는 걸까. 대답을 미루는 아저씨가 서운하면서도 나는 끊임없이 '왜?'라는 질문을 떠올렸다. 생각이라는 건 항상 꼬리 물기를 하기 때문에 나중에는 모든 일에 '왜?'라는 질문이 따라다니기 시작했다.

학교는 왜 그만둔 걸까. 알바를 했던 이유가 돈 때문이었나. 학원에서 근로 장학생까지 하면서 수업을 들었던 이유, 그리고 빵을 배우고 싶은 이유…… 나중에는 내가 왜 '왜?'라는 말에 대해 생각하고 있는지에 대해서까지 생각했다.

"머리 아파!"

혼잣말을 하면서 나는 이불을 머리 위까지 뒤집어썼다. 심오한 질문에 대한 해답을 찾고자 하는 철학자라도 된 것 같았다. 생각을 할수록 머릿속은 또렷해져서 결국 나는 말똥거리는 눈을 하고 밤새 잠들지 못했다.

그러고 나서 며칠이 더 지났지만 나는 아저씨에게 대답할 적당한 말을 찾지 못했고, 아저씨는 내가 빵을 배우고 싶다고 한 말을 잊어버리기라도 한 것처럼 나를 대했다. 다크서클이 내려온 얼굴을 보고 사모님만 무슨 일이 있는 것 아니냐면서 걱정스러운 말을 건넸을 뿐이다.

"아직도 빵을 배울 생각이니?"

빵집의 내부가 어느 정도 정리되었을 무렵, 아저씨가 불쑥 물었다. 나는 조금 주눅이 들어 고개를 끄덕였다. 에펠탑을 등지고 서 있는 아저씨가 멀게만 느껴졌다.

"왜?"

아저씨가 그때처럼 다시 물었다. 멋진 대답을 해서 아저씨가 단번에 '그래!'라고 허락을 하면 좋겠지만, 나는 어떻게 말해야 할지 몰라 횡설수설했다.

"생각해봤는데요…… 제가 진짜 빵을 좋아하거든요. 근데 그게 왜냐하면, 그러니까 그게…… 저것 때문이었어요."

나는 가지런히 누워 있는 바게트를 가리켰다.

"저는 바게트가 되고 싶어요."

정리되지 않은 말이 결국 어처구니없이 튀어나왔다. 바게트가 되고 싶은 인간이라니. 유딩도 하지 않을 말을 뱉어놓고 나서 나는 얼굴이 달아올랐다. 아저씨가 소리 내서 웃기라도 한다면 차라리 마음이 편할 텐데 아저씨는 표정조차 없었다. 팔짱 낀 손을 풀지 않은 채 나를 가만히 내려다보고 있었다. 당황한 나는 점점 바게트에 대한 엄청난 의인화를 늘어놓기 시작했다.

"재랑 저랑 싱크로율이 구십구 퍼센트예요. 아저씨가 그랬잖아요. 환경에 가장 영향을 많이 받는 빵이 바게트라고. 그래서 매일 다르다고요. 어제 만든 바게트랑 오늘 만든 바게트는 다르다고 했어요."

"그래서?"

의외로 아저씨가 내 얘기에 흥미를 보였다.

"저도 그래요. 일 년 전의 저랑, 한 달 전의 저, 그리고 오늘의 저는 달라요. 아저씨는 잘 모를 수도 있지만, 좀 다른 것 같아요. 바게트도 겉으로 보기에는 똑같아 보이잖아요."

"그게 이유야? 너랑 바게트가 닮은 것 같다는 게?"

나는 어색하게 웃으며 고개를 크게 끄덕였다. 유딩스러운 대답이기는 해도 지난번보다 아저씨의 표정이 한결 부드러웠다.

"그래서 만들어보고 싶어요. 그것도 아주 잘!"

자신 있는 내 말투에도 여전히 아저씨는 '그래!'라고 답하지 않았다.

"바게트를 만들고 싶다……"

아저씨가 혼자 중얼거렸다. 허공에 흩어진 아저씨의 시선을 나는 불안하게 따라갔다.

"십오 년을 구웠어도 어려운 게 바게트다."

아저씨가 낮은 음성으로 말했다. 허락인지 아닌지 가늠할 수 없는 아저씨의 말투. 어떤 말로도 아저씨를 설득할 수 없을 것 같은 생각에 나는 침울한 얼굴로 아저씨를 바라보았다.

"저는…… 이제 겨우 십구 년을 살고 있지만, 너무 어려운걸요. 인생이요."

한동안 나를 바라보던 아저씨가 팔짱을 풀었다. 웃는 것도 같고 아닌 것도 같은 표정을 짓더니 천천히 눈을 감았다가 떴다.

아저씨가 가장 좋아하면서도 가장 어렵게 생각하는 바게트. 나와 싱크로율이 구십구 퍼센트인 빵. 쉬울 거라고는 생각하지 않는다. 아저씨보다 더 긴 시간 동안 공을 들여도 어렵다고 느낄지 모른다. 그래도 하고 싶었다. 내일의 바게트가 어떨지는 아무도 모를 테니까. 그리고 그게 이유였다. 내가 빵을 만들고 싶은 이유.

다큐, 그곳

구자혁 빵집의 낡은 간판이 내려왔다. 아저씨는 아버지의 마지막 선물인 간판을 바라보았다. 낡은 간판이 트럭 위에 실렸을 때도 서운한 마음이 드는지 딸을 시집보내는 아버지 같은 눈길을 했다.

"그동안 고생했다."

아저씨는 누구한테 하는 말인지 모를 말을 중얼거렸다. 아마도 불이 들어오지 않은 채로 그 자리를 지켜왔던 'ㅏ'가 아니었을까.

바로 새로운 간판이 올라갔다. 밧줄에 묶여 올라가면서 불안하게 기우뚱거리던 간판이 마침내 자리를 잡았다.

구자혁 바게트.

아저씨의 철학이 담긴 빵을 맛볼 수 있는 곳. 간판을 올려다보는 아저씨의 표정. 아저씨는 지금 무슨 생각을 하고 있을까.

새로 꾸민 인테리어는 전문가의 손길이 간 것이 아니라서 엉성하기는 했지만 아저씨의 바람대로 잘 꾸며졌다. 무엇보다 에펠탑 사진 앞에서 아저씨는 무척 흡족해했다. 가게 밖에서도 빵이 잘 보일 수 있도록 진열장은 창가로 옮겼다. 그 안에 작고 아기자기한 컵케이크를 진열했다. 여러 종류의 머핀 위에 크림을 폭신하게 올리고 다양하게 토핑을 했다.

구자혁 빵집은 미니 케이크와 바게트 전문 빵집으로 다시 태어났다. 아기자기하게 모양을 낸 컵케이크를 사람들은 입으로, 또 눈으로 먹을 수 있었다. 컵케이크는 사모님을 위한 아저씨의 또 다른 정성이 들어간 빵이었다. 가게 안으로 들어오면 바게트가 진열되어 있었다. 재료나 크기를 달리한 바게트와 식빵, 천연 발효종을 이용해 만든 캉파뉴와 올리브빵, 호밀빵 들이 어우러져 진열되었다. 사모님이 가장 좋아하고 내가 처음 만든 빵인 마들렌도 추가되었다. 물론 진열된 마들렌은 아저씨의 솜씨였다. 출입구 옆의 공간을 활용해서 야외 테라스를 만들고 작은 테이블도 두 개 놓았다. 최적의 상태로 맛볼 수 있는 빵과 방금 내린 커피를 즐길 수 있는 곳이었다. 빵을 구입하는 손님에게는 무료로 원두커피를 내려주기로 했다. 덕분에 가게 안은 빵 냄새에 은은한 원두 향까지 섞이게 되었다.

나는 더 바빠졌다. 할 일이 하나 더 늘었기 때문이다.

"억지로 배울 필요는 없어. 즐겁게 만들지 않으면 절대 맛있는 빵이 나올 수 없으니까."

본격적으로 빵 만드는 법을 배우기로 한 날, 아저씨는 전혀 다른 사람처럼 나를 대했다. 쉽지 않을 거라는 각오는 했지만, 예상한 것 이상으로 아저씨는 냉정한 선생님이었다. 나는 매일 온도와 습도를 확인하는 일부터 재료 손질까지 빵에 관한 일이라면 가리지 않고 했다.

"힘들면 안 해도 된다."

밀가루를 내려놓고 가쁜 숨을 몰아쉬는 나를 보며 아저씨가 말했다. 포기해도 된다고 말할 때의 아저씨가 가장 무섭다는 걸 알기나 할까.

대검 3반이 단합대회를 열기로 했다. 시험이 얼마 남지 않았지만 잠깐 시간을 내기로 한 것은 「다큐, 그곳」의 방송을 같이 보면 좋겠다고 한 애순 아줌마의 제안 때문이었다. 아줌마의 말을 듣고 아저씨는 장소를 제공하겠다고 선뜻 나섰다. 구자혁 바게트의 오픈 기념 파티와 함께. 그 대신 지수는 구자혁 바게트가 오픈하는 날 도우미를 하겠다고 나섰고, 왕언니 아줌마는 시험 전날까지 대검 3반 사람들의 빵을 미리 주문했다. 배달은 내가 맡기로 했는데, 왕언니 아줌마는 그래도 빵 셔틀은 자기라고 끝까지 주장했다.

아저씨는 제빵실에서 하루 종일 빵을 구웠다. 구자혁 바게트의 오픈 하루 전. 대검 3반 사람들의 시식을 앞두고 아저씨는 시험을 앞둔 수험생처럼 바짝 긴장한 눈치였다. 하루 종일 거의 말없이 빵을 구웠다.

"마들렌은 네 몫이다."

"정말요?"

"단, 오늘만이야. 매장에 진열되는 건 꿈도 꾸지 마."

"네! 셰프!"

아저씨와 나는 각자 빵을 만드느라 분주하게 움직였다. 생각지도 못한 아저씨의 제안에 나는 잔뜩 들떠 있었다. 사람들에게 선보일 생각을 하니 더 잘 만들고 싶었다. 틀에 반죽을 붓는 마지막 순간까지 온 정성을 쏟았다.

'coming soon 구자혁 바게트'와 '축! 대검 3반 단합대회'라는 현수막은 장씨 아저씨가 준비해왔다. 다들 가게로 들어서면서 현수막을 보고 웃음을 터뜨렸다.

"단합대회가 축하할 일이에요?"

아인이가 묻자, 장씨 아저씨는 "당연하지!"라며 자신 있게 대답했다.

반장 오빠는 사모님을 위해 동갑내기인 아내가 직접 골라주었다는 꽃다발을 선물했는데, 그 모습을 본 장씨 아저씨는 이내 풀이 죽었다.

테이블 위에 아저씨가 만든 빵과 내가 만든 마들렌을 올려놓았다. 예전에도 다들 아저씨가 만든 빵을 먹어보았지만 이전의 빵과 지금의 빵은 달랐다. 사람들의 입으로 빵이 하나씩 들어갈 때마다 아저씨는 입이 마르는지 입맛을 다셨다.

"이건 정말…… 말로 표현하기 힘든 맛이에요."

애순 아줌마가 먼저 입을 열었다.

"씹을수록 고소함이 올라오고, 느끼하지 않으면서 부드럽고, 또 바삭해요. 아무리 먹어도 질리지 않을 것 같아요."

아줌마의 말에 아저씨는 그제야 안심을 했는지 쑥스럽게 웃었다.

"정말 먹음직스러워 보여요."

지수는 손뼉까지 치며 호들갑을 떨었다. 다이어트 중인 것도 잊고 눈을 반짝이는 걸 보면 연기는 아닌 게 분명했다. 일주일이라는 시간을 들여 만든 빵이라는 말에 장씨 아저씨는 감탄사를 연발했다. 하루 종일 긴장으로 똘똘 뭉쳐 있던 아저씨의 얼굴이 서서히 풀렸다.

"미나가 만든 건……"

이제 내 차례였다. 나도 아저씨 못지않게 긴장했다. 정식으로 배우지 않았다는 말을 열 번도 넘게 했지만, 그건 미리 준비한 변명에 불과했다.

"언니 완전 짱!"

아인이가 엄지손가락을 치켜세웠다. 지수는 흠을 잡으려는 듯 실눈을 뜨고 조가비를 들여다보면서도 딱히 지적을 하지는 않았다. 바구니에 담긴 마들렌은 금방 바닥을 드러냈다.

신기하게도 사람들은 자기랑 비슷한 빵을 좋아한다는 생각이 들었다. 지수는 예쁘고 화려한 컵케이크를 먼저 골랐다. 아인이는 작고 앙증맞은, 내가 만든 조가비를 좋아했다. 다섯 식구의 가장인 담임은 캉파뉴를 보고 "밥 대신 먹어도 배가 부르겠다"라며 실속 있는 빵이라고 마음에 들어 했고, 장씨 아저씨는 긴 시간을 들여 만들었다고 칭찬을 늘어놓은 게 무색할 정도로 빵에 대한 반응이 없었다.

"빵이 좀 달달해야 제맛인데, 이건 뭔가……"

장씨 아저씨는 애순 아줌마가 눈치를 주자, 하던 말을 삼키고 말없이 빵을 씹었다. 장씨 아저씨에게는 버터가 듬뿍 들어간 느끼하고 달콤한 빵이 제격이겠지만, 아쉽게도 그런 빵은 없었다.

애순 아줌마는 크랜베리 바게트가 가장 맛있다고 했다. 식감도 좋지만 평범한 바게트인 줄 알았던 빵 안에 견과류와 크랜베리가 들어간 걸 보고는 빵이든 사람이든 겪어봐야 안다면서 마지막 한 입까지 바삭거리는 소리를 내며 먹었다.

시간이 다가왔고 우리는 미리 옮겨놓은 텔레비전을 중심으로 모여 앉았다.

"이제 하겠네. 내가 다 떨린다."

"아줌마는 편집됐을 거 같아요."

아인이의 말에 왕언니 아줌마는 그건 절대 안 된다고 말했다. 텔레비전에 나오니까 꼭 보라고 친척들에게까지 다 소문을 냈다는 것이다.

그사이에 광고 몇 편이 지나갔다.

"어, 시작한다."

누군가의 말에 모두들 숨을 죽였다.

익숙한 음악이 흘렀다. 화면은 교수님이 종을 치는 장면부터 시작했다. 종소리를 듣고 복도에 있던 학생들이 삼삼오오 교실로 들어가는 모습이 나왔다.

"어! 저거 저예요!"

아인이가 교실로 뛰어가는 자신의 뒷모습을 손가락으로 가리키며 말했다.

"하루의 일과를 끝내고 집으로 돌아가는 시간, 다시 새로운 하루를 시작하는 사람들이 있습니다."

여자 내레이터의 차분한 목소리가 흘러나왔다.

"이 나이에 내가 공부를 시작하게 될 줄은 몰랐지요. 학교를 제대로 다니지 못한 게 평생 한이었는데."

왕언니 아줌마의 인터뷰가 나왔다. 왕언니 아줌마는 다행이다, 라면서 가슴을 쓸어내리더니 조금 뒤에는 코를 훌쩍였다. 아인이가 왕언니 아줌마에게 티슈를 건네주었다.

이어서 화면에는 왕언니 아줌마가 집에서 공부를 하는 장면이 나왔다. 돋보기를 쓴 왕언니 아줌마는 식탁에 앉아서 같은 문제를 몇 번이나 반복해서 읽다가, 해도 해도 무슨 말인지 이해가 안 간다고 푸념했다. 할아버지는 거실에 앉아서 좋아하는 TV 프로그램이 있는데 공부에 방해가 될까 봐 보지 못한다면서 투덜거렸다.

"수험생 있는 집안은 가족들이 더 스트레스예요."

할아버지 말에 왕언니 아줌마는 공부를 하다 말고 깔깔거리며 아이처럼 웃었다.

"처음에는 내가 반대했어요. 늙어서 공부는 뭐하러 하냐고. 그랬더니 화가 나서 며칠 동안 나랑 말도 안 하는 거예요. 그때 저 사람이 그럽디다. 자기 소원이라고. 죽기 전에 꼭 하고 싶다고. 자식 키우고 살림하느라 평생을 보냈는데, 그깟 소원 못 들어주겠습니까?"

할아버지가 피디 아저씨에게 말했다.

"지금은 할아버지가 공부하는 거 많이 도와주세요?"

"아이고, 못 도와줘요. 나보다 저 사람이 더 유식해요."

피디 아저씨의 질문에 할아버지는 손을 내저으며 허허, 웃었다.

"우리 영감이 매일 커피도 타주고 얼마나 내조를 잘하는데."

화면을 보던 왕언니 아줌마가 코를 팽 풀면서 자랑스럽게 말했다. 아저씨와 사모님은 왕언니 아줌마에게 '대단하신 분'이라고 했다.

"조용히 하라고 하지 않았습니까!"

이어 영어 선생님이 교무실에서 나와 애순 아줌마를 혼내는 장면이 나왔다. 애순 아줌마와 내가 동시에 안타까운 탄식을 뱉어냈다.

"모자이크 처리 안 했네."

장씨 아저씨가 놀리듯 말했다.

"미나 너, 학원에서 공부 열심히 안 하는구나?"

아저씨까지 거들자 사모님이 "설마요"라며 나를 보았지만, 아니라고 할 수는 없어 대충 웃음으로 얼버무렸다.

"학교에서는 이런 관심을 받아본 적이 없어요. 다 성적 위주잖아요. 저 같은 보통 아이들에게는 선생님은커녕 아이들도 별 관심이 없거든요. 하지만 여긴 달라요. 비어 있는 자리는 금방 티가 나요."

"여긴 모두 다른 사람들이 모인 곳이에요. 나이도 다르고 사는 모습도 다르고. 학교에서 또래들과 공부하는 것과는 많이 다르죠. 하지만 같은 곳을 바라본다는 공통점이 있어요. 목표가 같다는 얘기가 아니라 같은 마음을 품었다는 거예요."

다른 반 사람들의 인터뷰에 이어 교무실 풍경도 그려졌다. 선생님들은 수업 준비를 하고, 회의를 하고, 학생들에 대해 서로 얘기를 나누었다. 누가 수업 태도가 좋고 나쁜지, 누가 자주 결석을 하는지. 선생님들은 모를 거라고 생각한 일까지 알고 있었다.

훈훈하게 이어지던 화면을 보다가 갑자기 사람들이 경악에 가까운 소리를 질렀다. 이태진 선생님의 결혼 발표 때문이었는데 상대는 세 살이나 위인 국어 선생님이라고 했다. 둘이 사귄다는 소문은 진짜였다.

"이거 완전 배신이야!"

"자기가 뭐 연예인이야? 방송으로 결혼 발표를 하게?"

저마다 한마디씩 했는데 그중에서도 장씨 아저씨는 정말 흥분한 것 같았다.

"둘이 별로 안 어울리는데."

아인이가 말했다가 왕언니 아줌마한테 꿀밤을 맞았다.

교수님도 화면에 등장했다. 수위실에 수북하게 쌓인 책들을 소개했고 작가들과 그동안 읽은 소설들에 대해 열변을 토했다.

"역시 보통 사람이 아니야."

반장 오빠의 말에 다들 고개를 끄덕였는데 반전은 또 있었다.

"제가 사실 중학교밖에 못 나왔습니다. 고등학교는 몇 달 다니다 말았어요."

교수님의 고백이었다. 우리는 다들 멍해졌다.

"다음 달부터는 저도 학생 신분으로 공부를 하기로 결심했습니다."

교수님이 비장하게 말했다.

"교수님이 벌써 수업 등록을 하셨습니다."

담임이 덧붙였다.

"교수님까지 가르치시려면 선생님도 준비 많이 하셔야겠어요."

"그러게 말입니다."

왕언니 아줌마의 말에 담임이 진지하게 대답했고 그 표정에 사람들이 와르르 웃었다.

"미나 아냐?"

화면에 내 얼굴이 나왔다.

"너 언제 인터뷰했냐?"

지수가 물었을 때 나는 머쓱한 표정만 지어 보였다.

"저는 부모님이 안 계세요. 엄마는 제가 초등학교 때, 아빠는 중학교 때 돌아가셨어요. 지금은 동생이랑 저랑 둘뿐이에요."

내 말이 시작되자 모두들 잠잠해졌다.

"저는 공부에 별로 관심이 없거든요. 학원은 딱 한 달만 다닐 생각이었는데, 근로 장학생으로 있으면 학원비를 면제해준다고 같은 반 아줌마가 하도 꼬드기는 바람에 넘어갔죠. 사실 학교 다니는 애들이 부럽기도 해서 학원이라도 다녀야겠다, 생각했어요. 근데 그게 전부가 아니었나 봐요. 더 큰 이유는…… 따뜻함을 느꼈어요. 아무도 저를 봐주지 않는다고 생각했는데 이곳에서 사람들이 저를 따뜻하게 감싸준 거예요. 얼마 전에야 그걸 알게 됐어요. 저한테는 학원이 학교를 대신하는 곳이 아니에요. 사람들에게 고맙다는 말을 전하고 싶습니다."

내 말이 끝나자 장씨 아저씨는 박수까지 쳤다.

"그 말이 정답이네."

한참 뒤에야 왕언니 아줌마가 말했다. 아저씨는 "그럼, 그렇지"라면서 고개를 끄덕였다. 애순 아줌마와도 잠시 눈이 마주쳤지만 나는 이내 고개를 돌렸다. 좀 쑥스러운 생각이 들었다.

방송이 끝나고 나서도 우리는 오랫동안 구자혁 바게트를 떠나지 않았다. 전혀 어울릴 것 같지 않은 우리의 목소리가 빵집 안을 가득 채우며 이리저리 잘도 버무려졌다.

다시 하늘을 보다

"더 세게! 그래, 그렇게 하란 말이야!"

팔짱을 끼고 옆에 서 있던 아저씨가 조교처럼 말했다. 나는 어깨가 떨어져 나갈 정도로 반죽을 치대고 있었다. 기계를 이용해서 반죽을 하면 안 되겠냐고 말했다가 그렇게 배울 거면 당장 그만두라는 아저씨 말에 나는 힘든 티도 내지 못하고 시키는 대로 했다.

오후에는 건포도와 무화과로 발효액종을 만들었다.

"지금 시간이 오후 두 시다. 내일부터 같은 시간에 내려와서 유리병 안을 확인하고 반드시 메모한다."

"네!"

토를 달았다가는 잔소리가 배가 되어 돌아오기 때문에 나는 무조건 대답 먼저 했다. 제빵실에서 아저씨는 평소와 전혀 다른 사람이 된다는 걸 깜빡했다. 그걸 생각했더라면 아저씨한테 빵을 배우고 싶다는 말을 그렇게 쉽게 꺼내지는 못했을 텐데.

"몇 그램씩 할까요?"

반죽을 나누기 전에 묻자, 아저씨는 일일이 알려주면 감을 잡지 못한다면서 그건 알아서 정하라고 했다.

"그렇게 꾸물거리면서 생각할 시간 없다! 빨리 움직여!"

나는 생각을 정리하지도 못한 채 손부터 움직였다.

"어느 정도로 반죽을 나누는 게 최적인지는 하면서 감을 잡아야 해. 한 번에 잘할 생각은 하지 마라. 빵을 이해하려고 해."

분할해서 둥글리기를 마친 반죽을 일렬로 세워놓은 다음 비닐을 씌웠다.

"지금부터 벤치 타임에 들어간다."

아저씨가 시계를 보며 말했다. 나도 모르게 한숨이 나오고 팔에 힘이 빠졌다.

"옆에서 지켜보라고 하고 싶지만 손님이 왔으니까 잠깐 쉬어도 좋다."

문을 열자, 풍경 소리가 맑게 울렸다. 야외 테라스에 앉아 있던 애순 아줌마가 내 앞으로 커피를 밀어주었지만 나는 찬물을 들이켰다. 바깥공기를 마시자 속이 탁 트였다. 봄이라고는 해도 아직 찬 기운이 남아 있었다. 춥지는 않았다.

"넌 뭘 잘못해서 사장님 목소리가 밖에까지 들리니?"

"말도 마요. 저 취사병 된 거 같아요."

"그래서? 힘들어?"

"힘들긴 하지만 뭐, 그럭저럭 할 만해요."

애순 아줌마의 웃는 얼굴에 잔주름이 잡혔다.

애순 아줌마는 얼마 전에 다니던 직장을 그만두면서 '벤치 타임'에 들어가겠다고 선언했다. 검정고시 시험 때까지 공부를 하고 시험만 끝나면 여행을 떠나겠다고 했다. 돌아오면 본격적으로 미용 자격시험에 도전하겠다면서 한 해 계획을 다 잡아놓았다. 지금 아줌마의 실력으로 미용 자격시험에 붙는 건 무리라고 생각해서 나도 그러는 게 좋겠다고 말해줬다. 덕분에 아줌마는 구자혁 바게트에 자주 왔다. 야외 테라스에 앉아서 나를 기다리는 일이 아줌마의 일과가 되었다.

마지막으로 향하고 있는 대검 3반. 시험이 끝나고 나면 대검 3반 사람들은 각자의 길을 찾아가겠지만, 한 교실에서 공부했던 순간만큼은 영원히 남을 것이다.

「다큐, 그곳」의 방송이 나간 다음에 우리는 달라져 있었다. 마음을 털어놓고 나니 나도 훨씬 편해졌다. 할머니, 엄마, 아빠, 오빠, 언니. 지수는 쌍둥이 동생쯤으로 해야겠다. 그리고 나. 전혀 어울릴 것 같지 않던 목소리들이 이제는 불협화음처럼 들리지 않았다. 어떤 화음보다 정겹고 익숙했다. 나에게는 가족이, 든든한 백그라운드가 있었다. 생각만 해도 비실비실 웃음이 삐져나오는 꿈도 생겼다. 내가 느끼지 못하고 있었을 뿐, 내 곁은 항상 따뜻했다.

방송이 나간 후에 가장 큰 수혜를 본 사람은 지수였다. 짧은 인터뷰에서도 지수의 외모는 단연 돋보였다. 방송이 끝나자마자 인터넷에는 '검정고시녀'와 지수의 이름까지 검색어에 떴다. 최지수라는 이름에서 성을 뺀 '지수'가 방송용 이름이었다. 지수가 드라마에 단역으로 출연했던 사진까지 캡처되어 올라왔고, 발 빠른 네티즌들은 지수의 과거와 현재 모습을 비교하는 사진을 올리면서 모태 미녀, 자연 미인이라는 수식어를 붙였다. 방송이 나간 후 며칠 만에 팬카페까지 생길 정도였다. 이 사실을 수시로 전화해서 떠들어대던 지수는 흥분을 가라앉히지 못했는데, 그러고서도 정작 연예인에 대한 생각은 아직도 보류 중이라고 해서 기획사 사장과 엄마를 애타게 했다.

"진짜 내 마음이 움직이기 전까지 난 아무것도 안 할 거야."

지수는 작은 입술을 움직이며 야무지게 말했다.

"역시 넌 내 베프다!"

나는 있는 힘껏 지수의 등짝을 때려줬다.

지수만큼은 아니지만 사람들은 나에게도 관심을 보였다. 시청자 게시판에 나를 응원하는 글이 많이 올라왔다.

—얘기 듣는데 정말 뭉클했어요.

—새로운 가족이 생기셨네요. 꼭 행복하세요.

사람들이 쓴 짧은 글이 내 마음에 남았다. 특히 '꿈을 포기하지 마세요'라고 쓴 누군가의 글은 그대로 가슴에 새겼다. 나는 포기

할 만한 꿈조차 꿔본 적이 없었다. 그것은 나에게 사치고 불가능이라고 생각했다. 나에게는 꿈을 꾼다는 것 자체가 '꿈'이었는지도 모른다. 그런 의미라면 나는 벌써 꿈을 하나 이룬 셈이다.

한 번도 가져보지 못했던 꿈이 내 안에 자리 잡았다. 꿈은 여행과 같은 거라고 애순 아줌마가 말했다. 여행을 떠나기 전 설렘으로 행복한 것처럼, 꿈은 꾸는 순간이 더 행복한 거라고. 아줌마 말처럼 나는 꿈을 이루고 멋지게 웃는 내 모습을 상상해보았다. 상상만으로도 웃음이 새어 나오는 것, 사람들이 꿈을 꾸는 이유인가 보다.

구자혁 바게트 앞을 지나가는 사람들이 진열되어 있는 미니 케이크를 구경했다. 가게로 들어온 손님 대부분은 미니 케이크를 사기 위해 왔다가 먹음직스럽게 구워진 바게트를 덤으로 골라가기도 했다. 천연 발효종을 이용한 빵이라는 설명에 관심을 갖는 손님도 있었다. 바게트를 고르는 손님들에게 나는 노래하는 바게트라는 설명을 꼭 덧붙였다. 구자혁 바게트는 그렇게 새로운 도전을 시작했고 에펠탑 앞에서 시작된 구자혁 아저씨 꿈도 새로 펼쳐지고 있었다.

"날씨도 좋은데 우리 주말에 소풍 갈까?"

애순 아줌마가 말했다.

"어디로요?"

"엄마 아빠 보러."

"……"

"그동안 얼마나 잘 배웠나 보여드려야지. 나는 김밥을 쌀 테니 너는 빵을 구워라."

내가 만든 빵과 쿠키를 가지고 가면 엄마 아빠가 뭐라고 할까.

"역시 우리 딸이다."

아빠는 분명 그렇게 말할 것이다. 엄마는 괜한 트집을 잡고 잔소리를 늘어놓을지도 모른다. 그래도 결국에는 맛있다고 말할 게 뻔했다.

"좋아요. 그 대신 김밥에 시금치는 넣지 마요."

"왜?"

"제가 아직 숙성 중이거든요. 숙성이 끝나면 그때 먹을게요."

"지난번에 먹었잖아."

"언제요? 난 원래 미나리, 시금치 이런 거 입에도 안 대요. 엄청 싫어하거든요."

"내가 먹는 거 봤다니까."

나는 전혀 기억이 안 나는데 아줌마가 확신에 차서 말하는 바람에 나도 헷갈렸다.

"모르고 먹었어도 먹은 건 먹은 거니까, 앞으로 계속 먹으면 돼."

구자혁 바게트에 자주 드나들더니 아줌마도 외계어를 배운 모양이다.

타이머를 맞춰둔 간판에 불이 들어왔다. 구자혁 바게트의 간판은 더 이상 불안해 보이지 않았다.

해가 길어져 완전히 어둠이 내려앉지 않은 시간, 아직 하늘에 파란빛이 남아 있었다. 그리고 곧 반짝이는 별이 보이겠지.

하늘을 보았다. 양수 생각이 났다. 양수는 뉴질랜드에 잘 도착했다고 메일을 보내왔다. 뉴질랜드와 서울에서 우리는 각자의 길을 가기로 했다.

나는 숨을 크게 들이마셨다. 시원한 공기가 몸 안으로 들어왔다.

"오늘은 별이 많이 보이겠네."

애순 아줌마도 하늘을 올려다보며 말했다. 나는 하늘을 올려다본 채로 스르르 눈을 감았다. 눈을 감아도 파란 하늘이 보였다.

"나는 파란색이 좋아요."

애순 아줌마의 웃음소리가 들렸다.

"촌스러운 색을 좋아하네."

다시 눈을 떴다.

"파란색은 꿈 같아요. 그 안으로 날아갈 수도, 나를 품어줄 수도 있을 것 같아요. 따뜻해요."

나는 하늘을 향해 두 팔을 벌렸다. 따뜻한 빛이 내 얼굴을 덮었다. 파란 하늘의 빛. 너무 그리워서 외면할 수밖에 없었던 빛이다. 하지만 그 빛은 어디서나 나를 따라다녔다. 구름에 가려졌다고 빛이 사라진 건 아니었다. 빛은 언제나 그 자리에 있었다. 내가 보지 못했을 뿐이다.

"파란색은 한(寒)색인데."

"내 마음에서는 난(暖)색이에요. 아줌마는 무슨 색을 좋아해요?"

고개를 돌려 아줌마를 보았다. 아줌마는 그때까지도 하늘을 올려다보고 있었다.

"난, 보라색."

이번에는 내가 소리 내어 웃었다.

"보라색은 독특한 사람들이 좋아하는 색이래요."

"신비로운 색이지."

"뭐, 해석하기 나름이죠. 아무렴 어때요."

"그래. 아무렴 어떠니. 다 자기만의 색이 있는 걸."

가게 안에서 아저씨가 부르는 소리가 들렸다. 나는 서둘러 자리를 털고 일어났다.

벤치 타임은 끝났다. 구자혁 바게트의 문을 열자, 풍경 소리와 함께 어슴푸레한 저녁 하늘의 별이 나를 따라 들어왔다.

작가의 말

서머싯 몸의 『달과 6펜스』는 고갱의 전기(傳記) 같은 느낌이 드는 소설이다. 작품 속 인물인 스트릭랜드와 고갱의 모습이 겹치면서, 스트릭랜드는 실존 인물이 되기도 하고 오히려 고갱은 가상의 세계에 존재하는 인물이 되기도 한다. 그들은 그렇게 동시에, 때로는 각각의 모습으로 나에게 울림을 주었다.

그림으로 인생을 그려나간 고갱과 그림을 글로 표현한 서머싯 몸. 스트릭랜드는 그 사이 어디쯤에 있는 듯하다.

언젠가는 누군가의 '달'에 관한 이야기를 쓰고 싶었다. 그건 나와 우리 모두의 이야기라고 생각했다. 우리에게는 모두 저마다의 '달'이 있지 않던가. 과거에, 현재에, 혹은 미래에.

그걸 바라보았으면 한다. 어둡고 긴 밤길을 걸을 때 의지할 수 있는 건 달빛일 테니까. 내 손에 아무것도 없다면, 아무도 없이 혼자 걷는 길이라면, 더더욱.

달의 모양이 어떤지는 상관없을 것 같다.

어쨌든 달은 소중하니까.

도움을 주신 정웅 셰프님, 그리고 미나의 노래에 귀를 기울여주신 문학과지성사에 감사드린다.

2014년 2월

끝과 시작의 시간에서

이은용